李黎祥 著

阿布列林
——焦裕禄精神的当代传人

中州古籍出版社
·郑州·

图书在版编目（CIP）数据

阿布列林：焦裕禄精神的当代传人 / 李黎祥著. — 郑州：中州古籍出版社，2018.3
ISBN 978-7-5348-7696-7

Ⅰ.①阿… Ⅱ.①李… Ⅲ.①报告文学 – 中国 – 当代 Ⅳ.①I25

中国版本图书馆CIP数据核字（2018）第042011号

出　版	中州古籍出版社
	地址：河南省郑州市经五路66号
	邮编：450002
	电话：0371-65788693
经　销	新华书店
印　刷	郑州市毛庄印刷厂
版　次	2018年3月第1版
印　次	2018年3月第1次印刷
开　本	710毫米×1000毫米　1 / 16
印　张	15
字　数	120千字
定　价	30.00元

本书如有印装质量问题，由承印厂负责调换。

1968年2月16日,阿布列林与焦裕禄家人合影

前　言

1966年2月，上高一的阿布列林被《新疆日报》（维吾尔文版）上刊登的长篇通讯《县委书记的榜样——焦裕禄》深深地吸引了，强烈地震撼了，眼泪一次又一次不听使唤地夺眶而出。他回味着焦裕禄带领兰考县委的干部到火车站为外出逃荒的乡亲送行的场面，他惊叹着焦裕禄为了兰考人民能度过饥荒冒着被处分的风险从外地调来救命粮，他敬佩着焦裕禄带领兰考人民查风口、治内涝、压盐碱所表现出的大智大勇，他沉浸在焦裕禄冒着狂风大雪看望一对无儿无女老人的场景，泪眼模糊中他把焦裕禄为抑制肝痛而把藤椅顶出一个大窟窿那段平实的描述读了一遍又一遍。他拿报纸的手有些发抖，他的内心深处波涛翻滚、汹涌澎湃，伴随着内心无比的感动，一个像焦裕禄那样做人做事的初心在他的内心深处得以形成。

有了这个初心，年轻的阿布列林与几位同伴一起，跋涉数千里来到他心目中的圣地——兰考，祭拜他心中的偶像焦裕禄，亲眼看看焦裕禄带领兰考人民战斗过的地方，接受焦裕禄精神的洗礼。有了这个初心，阿布列林无论做什么都要做到极致：当知青，他勤学苦练，在较短的时间里掌握了农活的十八般武艺；当工人，他不惧生死考验，在最苦、最累、最险的翻砂工的岗位上一干就是九年；特别是在检察院和法院的三十多年里，阿布列林把公平公正办案当作自己的天职，让每一个案件当事人都享受到法律的公平正义，甚至以不惜牺牲生命的大无畏精神，把经手的每一个案件都办成了经得起时间考验和人民检验的铁案。时时不忘这个初心，阿布列林无论在工作中还是在生活里，都始终牢记全心全意为人民服务这个宗旨；无论是大事还是小事，都处处体现共产党员的先锋模范作用。

在长达半个世纪的岁月里，阿布列林的初心没有因为一个时期的党风不正而有丝毫改变，反而毫无畏惧地发出了"宁可掉乌纱也要建一流审判楼"的时代呐喊，表达他对邪恶势力不屈的抗争；阿布列林的初心更没有在"劣币驱除良币"的打击中偏离正确的人生航道，相反他坦然地说出了"虽然不当领导了，但我还是共产党员"这样铿锵有力的话语。

不忘初心，方得始终。但初心易得，始终难守。阿布列

前　言

林在经历了半个世纪的风风雨雨之后，不仅守住了初心，而且经过岁月的打磨，他的初心显得更加沉稳、成熟和坚定。

阿布列林之所以能够做到这一切，一个重要的原因就是，焦裕禄这个榜样的力量。有这样一句名言："好榜样就像把许多人召集到教堂的钟声一样。"焦裕禄这个榜样之所以具有强大的感召力和凝聚力，根本原因在于焦裕禄精神是对中国传统文化的超越性继承，体现了我们党在艰难困苦面前勇于担当的理想信念和精神追求，是我国红色革命文化重要的组成部分，具有穿越时空的强大力量。

阿布列林在学习焦裕禄这个榜样的过程中，自己也成了人们学习的榜样。他以半个世纪无怨无悔的坚守，为当代红色革命文化这条生生不息的大河增添了来自新疆哈密的新鲜血液。

习近平总书记在党的十九大报告中指出：文化是一个国家、一个民族的灵魂。文化兴国运兴，文化强民族强。没有高度的文化自信，没有文化的繁荣兴盛，就没有中华民族的伟大复兴。

文化是一个民族的精神家园，也是一个政党的精神旗帜，决定了我们是谁，从哪里来，到哪里去。坚守文化决定着民族的前途和未来，传播文化是增强我们中华民族文化自信的重要手段，这也是我撰写《阿布列林——焦裕禄精神的当代传人》这本书的初衷。

目 录

引 子 …………………………………………… 1

上 篇

第一章 学生时代 …………………………………… 5
第一节 生长在一个爱党爱国的家庭 ……………… 5
第二节 一篇文章对一个高中生的影响 …………… 11
第三节 兰考之行的收获 …………………………… 16

第二章 知青岁月 …………………………………… 24
第一节 到条件艰苦的农场 ………………………… 24
第二节 困难面前的考验 …………………………… 26
第三节 一个好学上进的年轻人 …………………… 30
第四节 一天割了一亩四分地的麦子 ……………… 34

第五节 不同的工作 不一样的历练 ………… 37

第三章 干了九年翻砂工 ………………………… 40
第一节 进入工人阶级的行列 ……………………… 40
第二节 不怕又累又险 不惧生死考验 …………… 42
第三节 三次考入大学 三次与梦想擦肩 ………… 47
第四节 甘于奉献 播撒一片阳光 ………………… 54
第五节 年年递交入党申请书 十五年后终于如愿
　　　　　………………………………………………… 57

中 篇

第一章 铁案是这样办成的 ……………………… 61
第一节 调入检察院 两个月独立办案 …………… 61
第二节 执法严明 不枉不纵 ……………………… 66
第三节 九天九夜奋战 抓捕逃犯归案 …………… 71
第四节 不惧压力 彰显忠诚 ……………………… 73
第五节 法律不是儿戏 感情不能变味 …………… 77
第六节 为了一个核桃 打了年幼的女儿 ………… 79
第七节 "如果我牺牲了,党和人民不会忘记我"
　　　　　………………………………………………… 82
第八节 案前一分不占 案后一尘不染 …………… 89

第九节　敢啃硬骨头　宣战执行难 …………… 92

第十节　法律面前各民族一律平等 …………… 96

第十一节　坚决遏制非法宗教　严厉打击分裂势力
　　　　　………………………………………… 98

第十二节　分裂国家罪不容赦　从重从快给予严惩
　　　　　………………………………………… 105

第二章　政法工作是神圣的 ……………………… 109

　第一节　挂着拐杖上班　打着吊针办公 ………… 109

　第二节　事业为重　家庭次之 …………………… 113

　第三节　言传身教　提携后进 …………………… 116

　第四节　总结办案实践　写出优秀论文 ………… 120

第三章　清白做人　干净做事 …………………… 125

　第一节　一座盖了八年的房子 …………………… 125

　第二节　"宁可掉乌纱也要建一流审判楼" ……… 131

　第三节　四张票据 ………………………………… 137

　第四节　妹妹的委屈 ……………………………… 143

　第五节　狠抓队伍建设　实现文明单位"三级跳"
　　　　　………………………………………… 146

　第六节　"虽然不当领导了，但我还是共产党员"
　　　　　………………………………………… 152

第四章　各族群众都是兄弟姐妹 …………… 160

　　第一节　阿布列林与他的汉族好兄弟任广颖
　　　　　　…………………………………… 160
　　第二节　维护民族团结的模范 …………… 165
　　第三节　阿布列林与汉族民工张宏奎 …… 170
　　第四节　深切感受祖国大家庭的温暖 …… 173
　　第五节　冲进熊熊大火救出两条人命 …… 176
　　第六节　最贴心的是那张珍贵的合影 …… 179
　　第七节　最喜欢唱的歌曲是《焦裕禄，毛主席的
　　　　　　好学生》………………………… 181
　　第八节　时刻牵挂的是焦裕禄的家人 …… 183
　　第九节　与英雄王锋的家人结亲戚 ……… 186

下　篇

第一章　有一分热发一分光 ………………… 191

　　第一节　从岗位上退了　为人民服务的思想不
　　　　　　能退 ……………………………… 191
　　第二节　到社区普及法律知识 …………… 194
　　第三节　不忘初心　感动中国 …………… 199
　　第四节　用心解答来自国内的法律咨询 … 206

第二章　全力弘扬焦裕禄精神 ·············· 210
　　第一节　每一次报告都是一次精神的洗礼 ········ 210
　　第二节　"妈妈，您的儿子回来了" ············ 216
　　第三节　绿我涓滴，会它千顷澄碧 ············ 218

阿布列林·阿不列孜简历 ·················· 222

后　记 ····························· 227

引 子

2017年2月8日晚,亿万观众端坐在电视机前,凝神静气地观看着被称为"中国人的年度精神史诗"的节目——《感动中国2016年度人物颁奖典礼》。"新疆哈密距离河南很远,然而在阿布列林看来却很近,因为河南兰考有焦裕禄。在阿布列林年轻的时候,焦裕禄这个20世纪60年代县委书记的榜样就成为他的榜样。漫长的岁月过去,榜样的力量有多强大呢?"随着主持人敬一丹充满深情的表白,屏幕上播放出阿布列林为了捍卫法律尊严,毫不畏惧地面对歹徒明亮锋利的斧头,为了一个核桃打了年幼的女儿等震撼人心的镜头,深深打动了亿万观众的心。注视着舞台上这位"在细碎的时光中守望使命,以奋斗的精神拥抱生活。执法无私,立身有责,恪尽职守,勤勉为公"的维吾尔族退休法官,作为第一个报道阿布列林先进事迹的记者,笔者仿佛又回到了2014年年初,当时作为河南省第八批负责新闻报道的援疆干部刚刚踏上哈密的大地,对一切都感到无比的新鲜；笔者好像又回到了哈密地委办公楼，在那里第一次和阿布列林相遇，以及那次永远忘不掉的酣畅淋漓的交流……如烟的往事，似乎瞬间都随着回忆涌现到了笔者的心头。

上 篇

第一章 学生时代

第一节 生长在一个爱党爱国的家庭

乘坐飞机向着祖国的西北方向航行，当飞机飞临新疆维吾尔自治区与甘肃省交界之处，从高空俯瞰大地，茫茫的沙漠、戈壁静静地仰卧在苍穹之下。在这辽阔的荒漠与戈壁之中，有一片耀眼夺目的绿色，如翡翠，在荒漠中熠熠生辉；似田园，为戈壁增添盎然生机。在这片绿色的掩映与簇拥下，一个繁荣、富庶的城市——哈密出现在人们的眼前。

哈密自古就是多民族聚居地，36个民族的群众世世代代在这里和睦相处、繁衍生息。各族群众的身体中流淌的是中华民族的热血，自古至今，不管是面临内忧还是外患，哈密各族群众都是祖国统一坚定的维护者。从一世哈密回王开始，在清廷历次平定发生在新疆的叛乱中，哈密都是清军的后勤基地。各族群众在哈密回王的率领下，为清军提供战时保障，哈密成为清军军需供应的可靠后方，为确保祖国的领土完整统一做出了突出贡献。清朝统治者没有忘记哈密各族群众在维护祖国统一中做出的特殊贡献，除八世回王因为身体原因外，其余历届回王都应诏到北京觐见过清朝皇帝。

19世纪70年代，左宗棠率军讨伐俄、英支持的阿古柏侵略军，收复新疆大片失地。在与入侵者交战中，清军的大本营就设在哈密的大营门村（维吾尔语为恰尔巴格村）。

在坐镇哈密运筹帷幄期间，左宗棠注意到这样一种现象：哈密的夏天特别炎热，一到六七月份直线上升的气温将东天山厚厚的积雪融化，滔滔的洪水就沿着哈密的两条母亲河——东河坝和西河坝奔腾而下。当时东河坝和西河坝两岸的树木很少，洪水一来就冲刷走大量泥沙，严重威胁着当地居民的生命和财产安全。

为抵御泛滥的洪水，保护哈密人民的母亲河，左宗棠命令士兵在东河坝和西河坝的两岸广泛栽种适宜在当地生长的柳树。一时间，柳树栽满了东河坝和西河坝的两岸，柳树发达的根系，牢牢地庇护着两岸的泥沙，不仅抗击住了滔滔洪水的冲刷，保护住了哈密各族人民的母亲河，也营造出大片大片的绿荫，使哈密成为茫茫戈壁中一块适宜人类生存、水草茂盛的绿洲。

为纪念这一造福当时、荫及子孙的盛举，20世纪90年代，哈密市政府（现伊州区政府）将这些柳树命名为"左公柳"。时至今日，那一棵棵见证了哈密人民全力支持清军与侵略者浴血奋战的左公柳，仍然用茂密、硕大的枝叶和粗壮、坚固的树干，为哈密人民抵御着春秋肆虐的风沙，遮挡着盛夏如火的骄阳，驯服着桀骜不驯的洪水，护佑着两岸人民的生活。如今生活在哈密的汉族群众中，有一部分正是当时收复新疆的清军后裔。

世代居住在哈密的36个民族中，汉族和维吾尔族是人口较多的两个民族。阿布列林·阿不列孜就出生在哈密一个普通的维吾尔族家庭。

阿布列林的父亲阿不列孜·霍加，是哈密地区有名的兽医，担任过星星峡畜牧防疫站、巴里坤兽医站和哈密县兽医站站长。哈密以农牧业为主，牛羊是各族群众饲养的主要牲畜，牛羊肉是他们喜爱的食品，因而兽医是深受人们尊敬的职业。作为享誉一方的兽医，阿不列孜更是倾尽全力给牛羊防病、治病，他经常骑着马到牧区巡诊，一去就是一个多月。在阿布列林的记忆里，到牧区巡诊几乎就是父亲工作的全部。

长期的巡诊生活，使阿不列孜对牧区、对牧民、对牛羊有着一种特殊的情感。即便是退休后，只要身体允许，他仍然到牧区免费为牧民的牛羊防病、治病。

20世纪80年代，哈密不少人得了一种皮肤病，奇痒难忍，整晚整晚难以入眠。阿不列孜利用丰富的医药知识和几十年的医疗实践，研制出一种专门治疗这种皮肤病的药膏，使3000多名各族群众摆脱了疾病的折磨。

阿布列林的母亲海力且汗·库尔班是位勤劳善良的维吾尔族妇女。20世纪60年代，虽然阿布列林的父亲月薪70多元，在当时是高工资，但由于阿布列林兄弟姐妹多，日子过得相当紧巴。

尽管钱少，母亲却要竭尽全力让孩子们吃饱、穿好。每当晨曦初露、孩子们仍在酣睡之时，母亲就已经起床精心准备早饭。由于人口多，没有足够的白面打馕，母亲就粗粮细做，把一半粗粮和一半白面掺到一起，制作成焦香可口的饼子，给正长身体的孩子们补充必需的能量。没有足够的钱买新衣，母亲就自己动手改造旧衣，哥哥穿得不能再穿的褂子经过一番改造，像新的一样让弟弟接着穿；姐姐穿得不能再穿的裙子，经过她巧妙地拆拆补补，能让妹妹高高兴兴地穿到身上。

母亲竭尽全力照顾好每一个孩子的生活，但从不溺爱他们，对他们的要求非常严格。尤其是在学习上，经常教导他们，怕苦怕累是成不了才的。每天放学回来，母亲都要检查他们的作业。无论是大考还是小考，孩子们都要如实向她汇报成绩。如果哪个孩子考试得了70多分，母亲就不高兴；只有拿了90多分或100分，她才会露出满意的笑容。有一次，上高中的姐姐、上初中的阿布列林期中和期末考试数学都得了100分，母亲专门到学校找到老师，证实是不是真实的。当得知确实是都考了100分时，母亲高兴得抱着他们，亲吻他们的额头，高兴地说："这才是我的好孩子。"

父亲的敬业精神和助人于危难的人生境界，潜移默化地影响着阿布列林兄妹；母亲操持一家生活的辛劳以及对子女的严格要求，也时时激励着阿布列林兄妹。他们人人刻苦学习，个个成绩优秀，兄弟姊妹8人中有7人通过努力考上了大学。

阿布列林对于国家的最初认识源自他的姐姐。由于家庭生活困难，学校按照国家政策，给上高中的姐姐每月补助6元钱生活费。得益于国家的资助，1965年，一向勤奋学习的姐姐以优异的成绩完成高中学业，顺利考上新疆大学汉语言文学专业。这一年，阿布列林考上高中，也得到了每月6元钱资助。在当时，一个高中生一个月的生活费是12元钱，因此，6元钱是笔不小的数字。这笔资助解决的不仅是阿布列林生活上的困难，更在他的心中埋下了爱党、爱国的种子。

在家里，父母时常教育孩子们，我们的国家是一个多民族国家，要和其他民族的孩子友好相处；汉语是我们的国语，要努力学好汉语。从儿时开始，阿布列林便利用与汉族邻居的孩子在一起玩耍的机会，相互学习汉语和维吾尔语中的日常用语。

出生在这样一个对党和国家充满感激之情的家庭，生活在哈密这样一个各民族同胞心系祖国、亲如一家的环境里，勤奋、上进，成为阿布列林人生的底色；学习汉语、与各民族兄弟姐妹和睦相处，从记事开始，便在阿布列林的心中深深扎下了根。上小学时，阿布列林的成绩就非常优秀，是老师和同学们公认的好学生；上初中时，他是化学课代表；上高中时，他是汉语课代表。勤奋学习的动力，来自家庭的教育，来自他对党和国家那充满温馨而甜蜜的认识，更来自在他心中逐渐形成的积极向上、努力奋进的人生追求——做一个对国家和人民有用的人。

第二节　一篇文章对一个高中生的影响

1966年，15岁的阿布列林正在哈密地区一中读高一。15岁，是一个人的人生观、价值观形成的关键时期。

当年2月7日，《人民日报》发表了穆青等人撰写的《县委书记的榜样——焦裕禄》，《新疆日报》等地方报纸纷纷转载。一天，父亲拿着一份刊登有这篇文章的《新疆日报》（维吾尔文版）回到家中，对孩子们说，兰考出了个优秀县委书记焦裕禄，为了兰考人民过上好日子献出了年轻的生命，并让他们向焦裕禄学习，将来为国家和社会做贡献。

接过父亲拿回来的报纸，阿布列林认真阅读起来，感人的事迹、优美的语言强烈地吸引着他，一口气读完这篇文章，他被焦裕禄强忍着肝病的折磨坚持工作的忘我精神深深地震撼了。阿布列林在思考，焦裕禄这个县委书记，得了这么重的病，他不休息、不住院，和农民群众同吃、同住、同劳动，他没有把自己当成群众的领导，而是把自己当成了人民的勤务员。阿布列林第一次得知，世上有这样优秀的县委书记，他对家人和身边工作人员要求特别严，坚决不接受别人给他们家的慰问品，不搞特殊，不图享受，这个县委书记不得了！

《县委书记的榜样——焦裕禄》这篇文章深深打动了阿布列林，一到课余时间，他就从书包里拿出那份维吾尔文版报纸认真、反复地阅读，仔细品味焦裕禄品格的高尚和人格的伟大。文章中的许多章节他都能背下来，许多场景和话语都让他感动不已。

焦裕禄经常住在农民的草庵里，蹲在牛棚里，和农民群众一起吃饭，一起劳动；焦裕禄冒着漫天风沙查风口，顶着大雨探水流，农民身上有多少泥，焦裕禄身上就有多少泥；焦裕禄拿出钱让看"白戏"的孩子补票；焦裕禄为抑制肝病发作引起的疼痛而把藤椅顶出一个大窟窿；等等。这些鲜活生动的情节和场景，深深地印在了阿布列林的脑海里。

面对兰考的贫穷和灾情，焦裕禄充满豪情地说："感谢党把我派到最困难的地方。越是困难的地方越能锻炼人。"冒着漫天大雪，焦裕禄走进一对无儿无女的老人的家，诚挚地对老人说："我是你们的儿子，是毛主席派我来看望你们的。"面对200元一服治疗肝癌的中药，焦裕禄说出了那句感人肺腑的话语："灾区群众生活很困难，花这么多钱买药，我能吃得下吗？"弥留之际，面对前来看望的同志，焦裕禄艰难地说："活着我没有治好沙丘，死了也要看着你们把沙丘治好！"这些让人永远忘不掉的话语直击阿布列林的心灵。从那一刻起，焦裕禄就是他心中仰慕的英雄、顶礼膜拜的偶像；从那一刻起，在他心中初步萌生今后要像焦裕禄那样做人做事的想法。

当时，《县委书记的榜样——焦裕禄》这篇文章在社会上引起的反响是空前的。通过学习这篇文章，人们了解了焦裕禄全心全意为人民服务的感人事迹，被焦裕禄鞠躬尽瘁、死而后已的精神强烈地震撼着，深深地感动着。学习焦裕禄精神，宣传焦裕禄的感人事迹，成为960多万平方公里土地上亿万人民群众的自觉行动。

文艺工作者根据焦裕禄精神，创作了歌曲《焦裕禄，毛主席的好学生》，其歌词为：

焦裕禄，毛主席的好学生，
焦裕禄，鞠躬尽瘁为革命。
为人民，兴利除害意志坚，
为革命，赤胆忠心骨头硬。
像一盏红灯，像一棵青松，
兰考人民的贴心人。
学习焦裕禄，全心全意干革命！

焦裕禄，毛主席的好学生，
焦裕禄，鞠躬尽瘁为革命。
学习他，不为名不为利不为己，
学习他，不怕艰苦不怕牺牲。
困难挡不住，灾害压不倒，
革命干部的好标兵。
学习焦裕禄，永做毛主席的好学生！

简洁贴切的歌词，铿锵有力的曲调，使这首歌曲迅速唱红了祖国的大江南北；歌词很快被翻译成维吾尔文，在维吾尔族群众中被争相传唱，成为他们最喜爱的歌曲之一。

阿布列林所在的哈密地区一中和全国一样，学习焦裕禄同志的先进事迹成为学校的重要工作。学校专门召开全校大会，号召师生学习焦裕禄。一时间，学校的阅报栏里张贴的是汉文版和维吾尔文版的《县委书记的榜样——焦裕禄》；老师们利用班会，让学生们结合自己的学习实际，畅谈学习焦裕禄精神的体会；在各个班级教室的学习园地里，张贴的是同学们用工工整整的字迹撰写的学习焦裕禄精神的体会文章；每到学校开大会，第一项内容总是师生齐唱《焦裕禄，毛主席的好学生》这首歌。

作为焦裕禄的铁杆粉丝,《焦裕禄,毛主席的好学生》这首歌自然是阿布列林的最爱,他尤其喜欢一边哼唱《焦裕禄,毛主席的好学生》,一边暗自思忖怎样像焦裕禄那样做人做事。随着对文章的反复学习,焦裕禄的先进事迹已经深深地刻在了阿布列林的脑海里,他对焦裕禄精神感受得越来越深刻,对焦裕禄越来越仰慕,今后像焦裕禄那样做人做事的思想越来越坚定,歌词中"毛主席的好学生"这句话对他的触动尤其深刻。

在那个激情燃烧的岁月,毛主席的威望至高无上。当时,能当上"毛主席的好学生"是不得了的事情,是最高的荣誉,是无上的光荣。只有焦裕禄这样全心全意为人民服务的人才当得起这个称号,只有焦裕禄这样心里装着人民群众,唯独没有他自己的人才配得上这样的荣誉。"我,一个青年学生,我做不了毛主席的好学生,但我要努力向焦裕禄学习,做焦裕禄的好学生。"从此,阿布列林在自己的人生道路上找到了一个老师,一个让他终身受益的老师;找到了一个榜样,一个让他终生学习的榜样。从此,学习焦裕禄,成为这个热血青年不变的人生追求;学习焦裕禄,成为他矢志不渝的人生信仰。

有了焦裕禄这个人生的榜样,那么兰考就成了阿布列林心中的圣地;到焦裕禄生前工作生活过的地方看一看,隆重祭拜心中的偶像,亲身感受焦裕禄带领兰考人民改天换地的壮举,亲眼看看在焦裕禄领导下兰考发生的巨大变化,就成了阿布列林心中最大的愿望。但哈密距离兰考长达2500多公里,当时落后的交通条件,对阿布列林这个高中生来说,去兰考绝对不是一次说走就走的旅行,尤其是对于一名高中生来说,第一位的任务是学习……尽管远赴兰考的愿望只能暂时搁浅,但阿布列林要去兰考看一看的愿望并没有丝毫动摇和改变,相反随着时间的推移,他要去兰考看一看的愿望变得愈加强烈,他在耐心地等待时机。

第三节 兰考之行的收获

时机终于来了!1968年2月初,阿布列林、其他4名同学和一名校工一起到上海学习考察。他们乘坐50多个小时的绿皮火车,从干旱少雨的西北边陲到气候湿润的东南沿海,长途跋涉3353公里,来到了我国第一大城市上海。

在上海,他们按照计划参观了中共一大会址,游览了高楼林立、商业繁华的南京路,欣赏了风景秀美、人流熙攘的外滩。六天时间,上海这个繁华的国际化大都市给他们留下了深刻的印象。但气候的巨大差异,饮食习惯的明显不同，让他们在短时间里难以适应。就在他们商议准备返回哈密的时候，阿布列林向其他5位同伴说出了他已埋在心中两年的计划：到兰考下车，祭拜焦裕禄同志陵墓，到焦裕禄当年带领兰考人民治理"三害"的地方看一看，亲身感受焦裕禄精神的伟大。

出乎阿布列林的预料，其他5位同伴几乎是不假思索就异口同声地同意了他的提议。于是，他们在乘火车返回哈密的途中，专门在兰考下车，时间是1968年2月16日凌晨。

2月的兰考，天寒地冻。一出车门，在凌厉的狂风裹挟下，一股股寒流穿过厚厚的棉衣侵入体内，让他们直打寒噤。车站里一些等车的旅客为了御寒，不时从座椅上站起来跺一跺被冻得麻木的双脚，搓一搓已经僵硬的双手，以便让自己的身体暖和些。

2月16日这一天，对于兰考的人们来说，是一个平常得不能再平常的日子。但这一天，阿布列林和五位同伴的到来，在兰考这个小县城里引起了不小的轰动。人们怎么也不会想到，在这个平常得不能再平常的日子里，六位黑眼睛、高鼻梁、操着一口与当地完全不同的语言的维吾尔族同胞会出现在他们面前。当时旅游对人们来说是一件非常奢侈的事情，新疆到河南距离遥远，维吾尔族群众到内地的很少，到中原腹地兰考这样一个小县城的就更少了。可以肯定地说，他们六人是最早到兰考考察学习焦裕禄精神的维吾尔族同胞。

经过一夜的旅途奔波，他们早已是饥肠辘辘。车站附近卖早点的市场上人头攒动。买早点，光用手势显然不能顺畅交流，其他五人就一致推荐阿布列林去买早点。因为，在他们六人中，阿布列林的汉语口语最好。虽然阿布列林的汉语说得略显生硬，掌握的词汇也不多，但简单的对话，加上手势和表情，顺畅地交流不成问题。市场上卖红薯、卖花生或是卖米粥的小贩，看到这些从新疆来的维吾尔族学生，还会说一些简单的汉语，尤其是听说他们是专程来祭拜焦裕禄的，都异常感动。小贩们表达感动和高兴的方式，当然都是把秤称得高高的，把盛小米粥的碗盛得满满的。

在市场上吃早点、买菜的群众听说从新疆来了几个青年学生，是专程来祭拜焦裕禄的，都不约而同地停下吃饭和交易，有的甚至端着饭碗就围拢上来，争相与他们打招呼："你们新疆亚克西！你们新疆亚克西！"抢着给他们介绍到焦裕禄烈士陵墓怎么走，花篮到哪里买，人们热情得就像在欢迎几位远道而归的亲人。

在人们友善和新奇的目光中，他们第一次吃到了像哈密瓜一样甘甜的红薯（当时哈密还没有种植红薯），嚼着满口生香的花生，喝着热气腾腾的米粥，顿时浑身上下暖意融融。解决了肠胃的需求，精气神随之而来，他们六人一人出1.5元钱，按照维吾尔族的祭奠习俗，就近买了个大花篮，径直来到焦裕禄烈士陵墓（当时焦裕禄烈士陵园正在建设）。

在焦裕禄的坟墓前，他们六人庄重地摆上花篮和祭品，一字排开，恭恭敬敬地施完大礼后，用维吾尔语高唱《焦裕禄，毛主席的好学生》，表达对焦裕禄同志深深的缅怀和虔诚的祭奠。

看到维吾尔族青年学生来祭奠焦裕禄，陵墓值班员非常感动，便热情地给他们介绍情况，帮他们摆放祭品。祭拜完焦裕禄，值班员把他们领到值班室休息，给他们端来开水，让他们暖暖身子。交谈中得知他们要到焦裕禄带领兰考人民治理盐碱、风沙、内涝的地方看一看，值班员便自告奋勇给他们当向导。

当时是备耕时节，有人开着拖拉机，也有人驾着马车往田地里运送肥料。辽阔的田野上，不时可以看到一些农民在平整土地。陵墓值班员带领他们，遇上马车坐马车，碰上拖拉机坐拖拉机，一路上给他们介绍焦裕禄当年领导兰考人民战天斗地、改变兰考贫穷面貌的壮举。

在东坝头，他们见到了焦裕禄带领人民修建的一座座水利工程，这些工程的修建，结束了兰考内涝成灾的历史；在一望无际的田野上，一排排泡桐树矗立在田野上，犹如一个个忠诚的卫士，更像一道道坚固的屏障，抵御住漫天肆虐的风沙，护卫着大片大片的良田。值班员动情地告诉他们，这些都是焦裕禄带领兰考人民自力更生、艰苦奋斗取得的成果呀。

在城郊的一块大田里，十几个正在劳作的农民，看到从新疆来的维吾尔族同胞，纷纷停下手中的农活，热情地迎上来。阿布列林抓住这一时机，用汉语把自己心底的话掏出来："焦裕禄是什么样的书记？"农民们异口同声地回答："焦书记带领我们治理'三害'，和我们同吃、同住、同劳动，为了兰考人民过上好日子，他献出了宝贵的生命。焦裕禄是好书记，我们永远怀念他！"

农民们也利用这难得的机会热情地了解新疆的风土人情："维吾尔族群众平时吃什么？过年过节和内地有什么不同？"阿布列林耐心地用汉语给他们介绍维吾尔族群众在长期的生活实践中创造的、富有民族特色的、丰富多彩的饮食文化和风俗习惯。农民们听得津津有味，田野上不时响起欢快的笑声和热烈的掌声。阿布列林的介绍，让农民们听得如痴如醉。农民们虽然没有去过新疆，但知道维吾尔族是个能歌善舞的民族,其中一个农民似信不信地询问阿布列林:"听说你们维吾尔族群众只要能走路就会跳舞,只要会说话就会唱歌?"阿布列林给以肯定的回应。如此一来,农民们无论如何也要让他们跳一段维吾尔族舞蹈,或者唱一首维吾尔族歌曲。盛情难却,在农民们热烈的掌声和叫好声中,他们集体表演了一个维吾尔族舞蹈,演唱了一首维吾尔族歌曲。诙谐幽默的曲调、婉转明快的节奏、行云流水般的舞姿,让农民们零距离欣赏了一场具有浓郁西域风情的表演,乐得这些朴实的中原汉子合不拢嘴。

告别热情好客的农民朋友,在值班员的带领下,他们来到兰考中学,见到了焦国庆和焦守云兄妹,兄妹二人带领他们一起回家。

在焦家门口,他们见到了焦裕禄的母亲。听说他们是从新疆来的,是专程来祭拜她儿子的,焦裕禄的母亲颤颤巍巍地从椅子上站起来,紧紧拉住阿布列林的手,感动得热泪盈眶,她声音哽咽着说:"你们从老远的新疆来给我儿子上坟,我谢谢你们!谢谢你们!谢谢你们!"这时,焦裕禄的二女儿焦守云悄悄地告诉阿布列林:"奶奶总是认为我父亲没有死,她整天坐在家门口,是在等我父亲回来。"听焦守云这么一说,阿布列林才恍然大悟,明白了老人为什么在这么寒冷的天气不在屋里取暖,却坐在门口静静地守候。母亲对儿子无私深沉的爱，一下子触动了阿布列林心中最柔软的地方，两行热泪从阿布列林的眼中夺眶而出。

走进焦裕禄的家，和想象中县委书记的家有着天壤之别。家里不但没有精致的装饰，也难觅一件考究的家具。在这里，他们看到的只有一间大房子，用木栅栏在中间一挡，算是两间房，墙上糊着厚厚的报纸。尽管天气寒冷，却没有安装取暖的火炉，屋里冷得像冰窖。他们不敢相信这就是县委书记的家。阿布列林想，作为一个县委书记，焦裕禄让人在自己的家中砌一道墙不是什么难事，也合乎情理，给家里置办一些像样的家具，也不是什么非分的要求，但焦裕禄没有这样做。

就是在焦裕禄的家里，阿布列林深切地认识到，什么叫廉洁从政，什么叫心里装着人民群众，唯独没有他自己。

房间虽然寒冷，但焦裕禄家人热情地招待他们。有的让座，有的倒开水，让他们从心里感到暖意融融。焦裕禄的爱人徐俊雅还给他们端来了刚刚出锅的热气腾腾的红薯。焦家人像对待亲人那样对待他们，让他们犹如回到了自己的家里。红薯很甜，至今阿布列林都能回忆起那像哈密瓜一样甘甜的红薯。

为了铭记这次收获颇丰的兰考之行，阿布列林提议，他们六人和焦裕禄的家人照一张合影。于是，焦裕禄的大儿子焦国庆和阿布列林一起，从附近一家照相馆请来摄影师，他们六个维吾尔族青年，与焦裕禄的母亲、妻子、儿女一起在焦裕禄的办公室门前拍下了一张珍贵的合影。

如果说《县委书记的榜样——焦裕禄》这篇文章让阿布列林从思想上认定了焦裕禄就是他心中的榜样、人生的楷模，那么，这次兰考之行，则让阿布列林明白了在未来的工作和生活中，应该怎么学习焦裕禄，学习些什么。

第二章 知青岁月

第一节 到条件艰苦的农场

从兰考回来不久,阿布列林就收到了照相馆寄来的他与焦裕禄家人的合影——三张照片和一张底片。一张被他恭恭敬敬地放进相框内,然后他将相框挂在客厅最显著的位置,让弟弟妹妹们分享他们六人与焦裕禄家人合影的那份幸福和自豪,提醒他们天天不忘焦裕禄精神,时时学习焦裕禄精神;另一张被他夹在日记本里,不管他走到哪里,都能感受到焦裕禄就在身旁,从中汲取前进的力量;第三张,阿布列林把它珍藏在母亲的箱子里。

1968年年底,毛主席号召知识青年上山下乡接受再教育,要求城市里的大中专学生到边疆去,到条件艰苦的地方去,到党和国家最需要的地方去。随之,一批批年轻学子，从北京、南京、上海等大城市，来到了新疆，来到了哈密地区所属的农场和农村当知青。

转眼到了1969年，这一年，是阿布列林从兰考回来的第二年；这一年，阿布列林高中毕业；这一年，18岁的阿布列林满怀革命理想，他坚决响应毛主席和党中央的号召，决心以焦裕禄为榜样，要在农村这个广阔天地里滚一身泥巴，炼一颗红心。

当时，阿布列林有两个选择：一个是到离家较近、条件相对较好的花园乡当知青；另一个是到离家近20公里、条件比较艰苦的火箭农场四分场当知青。在花园乡当知青，干完农活，可以骑自行车回家，吃住都在家里；到火箭农场四分场当知青，离家较远，要吃住在农场，正常情况下一个月才能回一次家。花园乡地少人多，劳动强度小；火箭农场四分场地多人少，劳动强度大。但阿布列林毫不犹豫地选择了火箭农场四分场，因为，他坚信焦裕禄说过的那句话："越是困难的地方越能锻炼人。"

母亲听说阿布列林要到火箭农场四分场当知青有点担心，怕阿布列林在生活上没人关心、照顾。阿布列林耐心地做起了父母的思想工作，他劝解道：

一来，火箭农场是国营农场，虽然劳动强度大，但付出大回报也高，农场是根据考勤和劳动量记工分，每月按工分发现金，自己可以养活自己，能减轻一些家庭负担。

二来，听说火箭农场有许多南京来的支边青年，才来时最小的只有十五六岁。他们从那么遥远的地方来支援边疆建设，他们能去我为什么不能去？

三来，从四分场到哈密虽然将近20公里，但中午从乌鲁木齐到玉门，晚上从玉门到乌鲁木齐均有运送旅客的火车。搭乘这两趟车，20分钟就可以回到哈密，也可以从哈密返回四分场。如果家里有急事当天就能回来。

阿布列林一番入情入理的话语，解开了父母思想上的疙瘩。父母亲都感到阿布列林长大了、成熟了，都支持他到火箭农场四分场当知青。就这样，阿布列林带着与焦裕禄家人那张珍贵的合影，怀着像焦裕禄那样做人做事的崇高理想，激情高昂地来到火箭农场四分场，成为该场一队的一名青年职工。

第二节　困难面前的考验

满怀理想来到农场的阿布列林，尽管对可能遇到的困难有一定的思想准备，但现实是，他所面对的困难比他预想的要大得多。用当今流行的话说就是：理想很丰满，现实却很骨感。

第一天打埂子（相当于内地种麦、种菜时的打畦）便给这个在城市长大，很少干过农活的年轻人来了一个下马威。几个小时下来，他的手上磨起了血泡，一碰像火烧一样疼。收工回到四面没有窗户的土坯房，在昏暗的马灯下，与自己做伴的只有墙上模糊的身影。他宽慰自己，干一段时间就适应了。然而第二天，老的血泡没去，新的血泡又起。最多的时候，两只手起了七八个血泡，几乎找不到一块好肉。

就在血泡不断增加、疼痛难忍的同时，另一个难题也摆在了阿布列林的面前：做饭。四分场汉族知青多，设有汉族食堂；总共只有两名维吾尔族知青，场里没有开设清真餐厅。另一个维吾尔族知青在其姐姐家吃住，他只得自己做饭。来四分场之前，他从未做过饭。但现在，不会做饭也得做。

不会发面，他蒸的馍馍像石头一样硬；炒菜也不得要领，不是咸了，就是淡了；稀饭不是太稠，就是太稀。经常不是菜炒过了，就是饭烧煳了。做饭用的原料也不顺手，柴火是从戈壁滩上捡来的骆驼刺（一种枝上多刺的草本植物。因为茎上长着刺状的很坚硬的小绿叶，故叫骆驼刺；又因为是戈壁滩和沙漠中骆驼唯一能吃的草，所以又叫骆驼草），稍不留意，手上就被扎一下，疼痛难忍；若是扎到血泡上，更是疼得钻心。劳累了一天，吃着难以下咽的饭菜，忍受着血泡和被骆驼刺扎过后带来的火辣辣的疼痛，阿布列林多次在土坯房里暗自流泪。

严峻的现实考验着充满理想的阿布列林。尽管难以忍受，但是他要咬牙坚持。他想到了焦裕禄，他从日记本里拿出那张与焦裕禄家人的合影，仿佛看到焦裕禄在强忍着肝病的折磨，带领兰考人民治理"三害"的身影。他想，与焦裕禄相比，这点困难算得了什么？一想到焦裕禄，阿布列林顿时来了精神，他在土坯房里高唱《焦裕禄，毛主席的好学生》《我们是年轻的一代》等革命歌曲，给自己加油鼓劲，增添战胜困难的勇气和信心。

有了精神的支撑，就会想出战胜困难的办法。烧火时，阿布列林不再用手直接把骆驼刺送进灶膛，而是改用火钳，避免了在旧伤上面再添新痛；不会蒸馍馍，阿布列林就琢磨着把面炒一炒，用开水搅成糊状，再放上两块糖冲淡其苦味，吃起来比硬馍馍好上不少。

吃过晚饭，他会拿出《维汉词典》学习汉语，增长知识，充实生活。有时间，他还会和他的汉族朋友、同在四分场的任广颖一起，相互学习汉语和维吾尔语口语。丰富而有意义的精神生活，分散了阿布列林对疼痛的注意力，钻心的痛苦在不知不觉中似乎减轻了不少。

尽管两只手上的血泡仍然是旧的未去新的又起,但阿布列林并没有因此耽误过一天工;一天十几个小时的劳作,阿布列林没有少干过一分钟的活儿。打埂子、种瓜、种高粱,需要干什么农活,就干什么农活。他的顽强与坚毅得到四分场领导和知青们的一致赞许。

就在阿布列林同困难进行顽强抗争的时候,他的父亲应四分场之邀,到场里为马匹、耕牛看病,顺便看望阿布列林。没想到,十几天不见,阿布列林双手长满了血泡。父亲心疼得眼泪直流,他从药箱里拿出注射器,把阿布列林手上的血泡一个一个挑破,用棉球涂上红药水,然后用纱布将伤口包上。父亲一边给他挑泡,一边教他怎样挑泡、怎样涂药水和包扎伤口。离开农场时,父亲把一个注射器和一些棉球、纱布和红药水留给阿布列林,让他在需要时能及时使用。

父亲回去后把阿布列林在农场的情况告诉了母亲。母亲心疼异常,第二天,她便带着发面用的酵母、蒸馍馍用的篦子以及一些必要的炊具,乘坐火车赶到农场。母亲向阿布列林详细讲解炒菜、发面、蒸馍馍的方法和要领,逐一做出示范。在母亲的悉心指导下,阿布列林当天就掌握了炒菜、发面、搅稀饭、蒸馍馍等做饭的基本技能。

三个月后，阿布列林双手的血泡不见了，取而代之的是满手的老茧。他已经从一名学生成长为一名合格的知青，成功地完成了他人生的第一次角色转换。

第三节　一个好学上进的年轻人

才到农场时，阿布列林对农活是一窍不通。然而干农活也需要很多知识，非常讲究技巧。比如种哈密瓜，什么时间种，怎么种，使用什么肥料，第一次浇水选择在什么时间，浇多少水，一共要浇几次，都有明确的要求。而不同的农作物，种植和管理的要点都不一样。

这让满怀理想的阿布列林深深地感觉到，当一个合格的农场职工并不是一件简单的事情，需要虚心学习。

阿布列林就像焦裕禄当年才到洛阳矿山机械厂时一样，不管是什么农业知识，他不会就学，不懂就问，而且不是泛泛地问，更不是了解个皮毛就了事，而是要刨根问底，直到完全弄清楚、问明白为止。

农场老职工哪一个不喜欢虚心好学的后生？勤奋上进的阿布列林赢得了许多老职工的青睐，他们主动把一些种植知识和管理要领传授给他。像种植哈密瓜不能上化肥，否则，生产出的哈密瓜不甜，而且容易腐烂；要想让哈密瓜最大限度地蓄积糖分，保持甘甜的本色，就要使用羊粪和苦豆子（戈壁滩上的一种草，也是一种中草药，性热，可以控制血糖升高）做肥料，不仅能让哈密瓜长得快，而且采摘后的哈密瓜能长时间存放。

　　知识的力量，极大地吸引着要在农场干一番事业的阿布列林。一有机会，他就向有经验的职工请教，如饥似渴地吮吸着农业知识的养料。譬如哈密瓜，他就了解到，仅品种就有18种之多，分为两大类：夏瓜和冬瓜。夏瓜于6月底至7月初上市，存放时间短；而冬瓜于9月底至10月初上市，存放时间长，可以存放到第二年的4月或5月。

　　当年哈密回王给康熙皇帝进贡的哈密瓜就是冬瓜中一种叫加格达的品种。哈密回王派人用马车或骆驼队，从哈密出发，经甘肃明水，走内蒙古草原，以最快的速度，历时75天，在农历大年三十之前，将哈密瓜送到北京，确保康熙皇帝在新年能吃上甘甜可口的哈密瓜。

　　阿布列林没有想到，种植哈密瓜会有如此多的知识；更没有想到，哈密瓜中会隐藏这么多的故事。为了便于向有经验的汉族职工请教，阿布列林开始学习种植、养殖等方面的汉语词汇。只有掌握交流的工具，才会有学习的基础和条件。这也是阿布列林为什么能在较短的时间内就具备了较为丰富的农业知识的一个重要原因。

干农活，既需要知识，也离不开技能。如赶牛车、驾马车、打麦子、扬场等众多农活，在操作中各有要领，俗称农活的十八般武艺。作为一个农场职工，如果不熟练掌握相应的技能就不能胜任。譬如扬场，如果不顺着风向，或用力过小，麦糠与麦子就会混在一起，高高扬起的麦糠就会弄得满身都是，让人奇痒难忍；而用力过大，麦糠与麦子就会随风飘走；只有准确掌握了风向、明确了风力，并将扬场的力量用得恰到好处，麦糠与麦子才会像变戏法一样分开，并能最大限度地避免麦糠的干扰。

技能的魅力，同样吸引着事事都不甘落后的阿布列林。为熟练掌握农活的十八般武艺，每样农活的技巧他都要反复练习直到熟练掌握为止。

在练习农业技能的过程中，赶牛车给阿布列林带来的麻烦最多。同兰考一样，哈密绝大部分的耕地也是盐碱地。与焦裕禄用翻淤压碱、开沟淋碱的方法不同，火箭农场是用沙子掺入土壤的办法来治理盐碱，以减少土壤的盐碱含量，从而达到改良盐碱地的目的。

1969年12月，哈密的冬天异常寒冷，队里派阿布列林用牛车拉沙子改良盐碱地。第一次接触牛，无论他怎样努力，就是不能把牛套到车上。碰巧旁边一位正忙着套车的老职工将自己的牛套上车后抽出手，悉心指点他套车的方法和技巧。他按照老职工的指点，费了不少周折，才把牛套上了车。

但牛是有脾性的，套上了车不一定就拉得了套。如果把两头不适合配对的牛选在了一起，套在了一辆车上，就很难驾驭。阿布列林不懂这个道理，选牛时把两头脾性不一、不适合配对的牛选在了一起。一上路，别人赶的牛车都顺顺溜溜地往前赶路，而他的牛车，无论怎么吆喝，就是慢慢腾腾地不出活。阿布列林急得使尽浑身解数，就是无法让牛顺顺当当地往前走。费尽九牛二虎之力，阿布列林一天只拉了15车沙，仅仅完成了任务的一大半。

收工后，不甘落后的阿布列林顾不上休息，他把一位赶牛车的高手请到牛圈旁，现场取经。这位高手告诉他，挑牛时要把老实的牛和脾性相近的牛选在一起，就容易驾驭，并指着牛圈里的20多头牛，告诉他每头牛不同的脾性。他还明确地给阿布列林指出，哪两头牛适合在驾车时配对。

了解了这些门道，阿布列林顿时信心大增。第二天天不亮，他冒着零下30摄氏度的严寒，早早就来到牛圈，选好脾性相近的两头牛，然后把它们套到牛车上。与第一天大不一样，两头牛不仅配合默契，而且与阿布列林也好像是老朋友一样，叫往东不向西，一个劲儿地往前拉。这一天，他拉了25车沙，超额完成了任务。

不懂就问，让阿布列林学到不少农业知识；不会就练，让阿布列林掌握了农活的十八般武艺。不到一年时间，无论是种麦子、种高粱还是种哈密瓜，他样样拿得起、放得下；不管是赶牛车、驾马车还是打麦子、扬场等农活，他样样精通，驾轻就熟。经过不到一年的摸爬滚打，他不仅适应了农场的生产和生活，而且从一个以前没怎么干过农活的门外汉变成了农业生产和管理的行家里手。

第四节　一天割了一亩四分地的麦子

在20世纪六七十年代，收麦主要靠人工。炎热的天气，紧迫的时间，高强度的劳动，让收麦成为农业生产中最苦、最累的农活。

在以镰刀为主要收割工具的年代，割麦的第一要务是快。如果不能在规定的时间里抢收完，焦熟的麦子一炸裂，一年的辛劳就会化为乌有；如果不能在规定的时间里抢收完毕，秋作物就不能及时种上，影响的是一年的收成。因此，每到麦收季节，工、农、兵、学、商等各行各业，都要暂时停下自己的工作，拿起镰刀，帮助农民和农场职工收麦子。

1969年7月，来到农场只有四个月的阿布列林就赶上了收麦子。当时分场将职工分成若干个小组，以组为单位抢收小麦。阿布列林所在的麦收小组一共8个人，其中有三对夫妻，另外一个是50多岁的女职工，8个人中阿布列林最年轻。

第一天割完麦子，收工时记工员丈量阿布列林所在小组的收割面积是7.4亩，平均一人不到一亩。当时分场有规定，一人一天割一亩麦子可以记最高工分——10分。看到这种情况，有人就不满地说："我们这里有吃白馍馍的（意思是不能干活的人）。"阿布列林明白说的是自己，因为就他是个新手。尽管没人当场说出是阿布列林，但人们的视线仍然不约而同地落在了阿布列林的身上，这是要强上进的阿布列林不能容忍的，内心的斗志被蔑视的目光极大地激发了出来。想到此，他郑重地对小组全体人员说："从明天开始，我单独割，割多少算多少。"

回去后，阿布列林把两把镰刀磨得很锋利，专门蒸了四个大馒头，拌了一些黄瓜菜，用塑料袋包上，再灌满两大壶开水，铆足了劲儿，准备大干一场。

第二天5点，天还不亮，他就匆匆起床，独自一人来到一望无际、麦浪翻滚的田地，一个人头也不抬地在寂静的田野挥汗如雨地割起麦子。割一会儿，直直腰，不知不觉割了3个小时，直到8点，阿布列林才晃动着酸痛的腰板，在地头狼吞虎咽地吃起早饭。吃完早饭，他又精神抖擞地走向麦田。

午饭时，其他人都回家吃饭了，阿布列林仍然在地头吃早上带来的菜和馒头，省下了来回的时间。收工时，经记工员丈量，阿布列林居然割了一亩四分地的麦子，是全组割麦最多的职工。

第二天，阿布列林如法炮制，和第一天一样仍然割了一亩四分地的麦子，仍然是全组割麦最多的职工。就这样，第三天是一亩三分，第四天是一亩四分，天天都是全组第一。

阿布列林的骄人成绩很快不胫而走，他成为全分场公认的割麦最多的人。分场长不仅当面表扬了阿布列林，还号召全场职工向阿布列林学习，加班加点在20天内将麦子全部收完。

榜样的力量是无穷的。有了阿布列林这个麦收的榜样，全场职工全力奋战，只用了19天就将麦子抢收完毕。

第二年麦收，阿布列林仍然是早出晚归，加班加点，收割面积保持着第一年的水平，在抢收中仍然发挥着表率作用。阿布列林以自己优异的表现，被农场评为优秀知识青年、夏收积极分子。火箭农场举行了隆重的表彰大会，场长在会上专门表扬了阿布列林，给他戴上大红花，奖励他一枚毛主席像章、一套四卷本《毛泽东选集》、一把坎土曼（内地称䦆头，是一种刨土的农具）和一把镰刀。

第五节 不同的工作 不一样的历练

农场是个小社会。在这里，职工们生活在农场家属院里，一起上工，一起收工，朝夕相处，难免会有一些磕磕绊绊。一次，阿布列林所在的一队的正队长和副队长因工作上看法不一，发生了矛盾，闹得很僵，一时谁也无法主持工作。俗话说，家有千口，主事一人。农场和分场领导就临时决定让阿布列林暂时代理队长，理由是，阿布列林正派上进，职工们信任他、喜欢他。那是1970年5月，阿布列林来到农场的第二年。

虽然当时阿布列林只有19岁，但他在其位，谋其政，不辞辛苦，每天都到各家各户了解情况，分配生产任务。面对个别职工磨洋工，出工不出力的问题，他提出了一个有针对性的解决办法：无论哪个职工，只要把自己应当干的活干完，就可以收工。这一措施受到职工们的欢迎。十几天的代理队长，让阿布列林有了管理生产队的经验，也让阿布列林深感自己的不足：生产经验少、方法欠缺。但经历就是财富，十几天的代理队长经历，让他深深地认识到，勤于学习，勇于实践，对一个人的成长尤其是对年轻人的成长至关重要，这为他在以后的工作中做出更大的成绩奠定了思想和认识的基础。

阿布列林无论干什么都认认真真、兢兢业业的工作态度，无论在什么岗位都竭尽全力、力求做好的进取精神，让每一个场领导都非常赏识。领导们都想尽力培养阿布列林，一有学习机会，第一个人选肯定是阿布列林。

1970年2月至3月，农场响应毛主席"备战备荒为人民"和"深挖洞、广积粮、不称霸"的指示，选派优秀知识青年参加农场举办的战地救护队短期医疗培训班，确保在战时分场的职工中有一人具备基本的护理知识和医疗技能。分场只有一个培训名额，分场领导就想到了阿布列林。

由于受极左思潮影响，一些人在"一打三反"中被错误批判。1970年4月，根据中央精神，要对"一打三反"中被批判而下放的人进行政审。参与政审的人，必须是政治觉悟高、思想端正、作风正派、工作能力强的年轻职工，场领导又想到了阿布列林。阿布列林按照领导的指示，骑上马，翻山越岭数十公里，到西山乡和天山乡的乡村进行深入走访和详细调查，并根据调查掌握的情况，撰写了一篇事实清楚、说理透彻、分析到位的调查报告向分场和农场领导汇报。组织上根据阿布列林的调查汇报，依据有关政策，对被调查的两个人做出彻底平反、恢复名誉的决定。阿布列林较为圆满地完成了调查任务，得到场领导的肯定。这次调研，初步显露出他在调查情况、撰写材料方面的才能。

1970年8月，毛主席向全国发出号召："工业学大庆，农业学大寨。"为深入宣传毛主席的指示，做到人人皆知，家喻户晓，农场的每一个分场都从具有表演和演奏才能的青年职工中选拔出一批人，成立了农场文艺宣传队。阿布列林由于嗓音浑厚，擅长歌唱和表演维吾尔族舞蹈而入选。他们把宣传的内容与演唱的歌曲、表演的舞蹈有机融合，精心编排了一台文艺节目，以巡演的方式，到各分场演出。

阿布列林既当节目主持人，掌控演出的节奏；也做演员，表演优雅舒展的维吾尔族舞蹈。他还用汉语演唱雄浑嘹亮、慷慨激昂的革命歌曲，深受观众喜爱。在半个月的巡回演出中，宣传队白天排练，不断加工提高节目质量；晚上演出，把精湛的技艺和精彩的节目奉献给农场广大职工，既宣传了毛主席的号召，也活跃了职工的文化生活，深受观众好评，整台节目被场部评为演出三等奖。

第三章　干了九年翻砂工

第一节　进入工人阶级的行列

1970年年底，国家下发文件，要求在优秀知识青年中选拔一批人到国营工厂当工人。

按照文件的要求，哈密地区农机厂要在火箭农场的优秀知识青年中挑选30个人。在那个"工人阶级领导一切"的年代，工厂是一个令人神往的地方，当工人是一件很光荣的事情。

四分场有十几名知青，人人都想到农机厂当工人，然而农机厂分配给四分场的名额只有5个。分场领导召开会议，要求综合德、能、勤、绩等各方面的表现，经群众推荐，采取投票的方式决定人选。阿布列林以自己优异的表现，获得全票通过。他是5人中唯一一名维吾尔族知青。

就在阿布列林兴高采烈地收拾行囊，准备离开农场到农机厂报到时，一个让他意想不到、幸福中带点烦恼的小插曲传进了他的耳朵：四分场场长郭志成在选拔阿布列林当工人时投了赞成票，因为他从内心非常喜欢阿布列林勤学好问、吃苦耐劳、勇于上进的品格。作为场长，他早就把阿布列林当作苗子来培养了。阿布列林马上就要离开农场，这让一向爱才惜才的他很是不舍。想到这里，他叫人给阿布列林捎信，许下诺言：站在农场长远发展的角度，他想让阿布列林留下来先当分场副场长，以后逐步接他的班，当场长，请阿布列林认真考虑。

说实在的，在四分场待了将近两年，阿布列林对这里的一草一木是怀有深厚感情的。分场场长更是像父辈一样，对好学上进的他给予了大力培养和帮助。对此，阿布列林充满了感激之情。但既然组织上已经决定让他去农机厂当工人，他就应当服从组织的决定。阿布列林来到郭志成场长的家，他感谢郭场长的好意，但希望郭场长支持他去当工人，让他在新的岗位得到更大的锻炼。这时，郭场长的妻子也在一旁说："人家年纪轻轻的一个人在农场，既要工作，还要做饭，多不容易啊。如果到了农机厂，就回到了哈密市，就可以回家吃住，生活上比在农场方便多了。"郭场长本身就喜欢阿布列林，想留下阿布列林也是为了让他能有更大的锻炼平台。既然阿布列林去农机厂的决心已定，妻子的话也说得入情入理，郭场长虽然不舍，但他仍然大度地拍着阿布列林的肩膀，预祝这个年轻人在新的岗位上，学到更多的知识，得到更多的锻炼，做出更大的成绩。

就这样，1970年12月，阿布列林从火箭农场四分场来到哈密地区农机厂，在翻砂车间当了一名翻砂工，开始了他人生的第二次角色转换。

第二节　不怕又累又险　不惧生死考验

当时农机厂生产的产品主要是马车、拖拉机、水泵以及发电机的零部件，翻砂工的任务就是生产这些产品的零部件。

翻砂工是一个对技术、体力要求高的工种，翻砂工必须具备吃苦耐劳精神。

对技术要求高，是因为在生产中，翻砂工要用被高炉熔化的铁水、红铜水、黄铜水或铝水，浇注马车、拖拉机、水泵以及发电机的零部件的模型。在使用这几种原料浇注时，不同的原料对技术的要求各有不同。

在用熔化的铁水浇注产品时，对工人的体力和吃苦精神要求极高。因为生铁熔化后，温度高达1300多摄氏度，与铁水近在咫尺，高热难耐，两个人肩抬160公斤重的铁水包，没有健壮的体格和吃苦耐劳的精神，难以从事这种高强度的劳动，更难以适应在如此高温环境下工作。

对工人的协调性要求极高。将铁水从高炉中取出，然后抬到模具旁浇注模型，要由四名工人共同完成。从高炉到模型浇注地点，有30多米，在行进过程中，四个人要步调一致，如果有一个人步调不一致，就有可能出现晃动。一旦铁水由于晃动而溅出，就会对身体造成伤害，轻则烫伤，重则致命，哪怕是溅到身上一点点，也像是被蛇咬了一样痛入骨髓；而如果晃动幅度大，致使铁水外泄，后果更是不堪设想。因此，为防止铁水外溅，四个抬铁水的人在把铁水从炉膛取出后，就要忍受着高温的炙烤，步调一致地匀速前进30多米，按照工艺要求，浇注到模具里。

对工人的技术要求极高。无论用生铁、铝、红铜还是黄铜浇注模型，都有非常高的技术要求，其中以用铝水浇注模型对技术的要求最高。因为铝水一旦从容器中倒出，冷却的速度非常快。如果不在规定时间内完成浇注，其材料就会由于冷却而作废。因此，眼明手快，精准熟练，是翻砂工必须掌握的基本功之一。

因此，在农机厂，翻砂工是公认的所有工种中最苦、最累、最险的工种。高温的炙烤，高强度的劳动，考验着每一名翻砂工的意志和品质；高度的协调性，精准熟练地掌握火候与时机，锻炼着每一个翻砂工的团队精神以及心力、眼力和手力。通过在岗位勤学苦练，每一个翻砂工都必须具备心到、眼到、手到的真功夫。

然而，常在河边走，哪能不湿鞋？

一次，阿布列林在与其他三名工人抬着铁水包行进时，其中一人步调没跟上，好似被绊了一下，铁水包稍稍一晃动，铁水随即溅到他们身上一点点，这一点点铁水瞬间就会让肌肤变成死肉，他们疼痛难忍。这时如果有一个人松手，使铁水流出，整个车间的50多名工人都将被铁水烧残。他们四个人相互对视了一下，似在告诉其他人，马上协调好步伐；也好像在鼓励每一个同伴，一定要坚持下去。在这生死考验面前，他们四个人都咬紧牙关，挺直身躯，步调一致地坚持把铁水抬到模具前面，并把模型浇注完毕。

这次生死考验，让他们再一次深深地体验到了翻砂工这个工种的危险性。在这次生死考验之后，其他三人都想方设法、陆陆续续离开了翻砂工的岗位。这时，不少亲戚朋友都劝阿布列林："翻砂工的岗位太危险，你也要想办法离开这个岗位。"同在农机厂的好朋友任广颖说得更中肯："你的表现这么好，如果你提出调到其他岗位，厂领导肯定会同意。"而阿布列林不这么看,他认为一有危险就离开不是积极进取、追求进步的表现。他敞开心扉告诉他们:"调离翻砂工的岗位,对于普通职工来说可以理解,对于一名要求入党的积极分子来说就不可以理解。我已经写了入党申请书,就要按照共产党员的标准严格要求自己,像焦裕禄同志那样处处体现共产党员的先进性。如果我也要求调离翻砂工的岗位,那么我的入党申请书就白写了。"

坚守在这样艰险的岗位,并不是阿布列林一定要用自己的生命逞英雄,也不是以此显示他与众不同。在阿布列林看来,任何岗位都要有人干,翻砂工是农机厂一个不可缺少的重要工种。虽然这个工种又苦又累又险,但正是又苦又累又险才锻炼人,正是又苦又累又险才能体现共产党员的先进性。

出现这次险情,从主观上讲,事先的准备工作做得不充分也是原因之一,譬如,在取铁水之前,四个人中每个人的精力、体力是否充沛;在抬铁水的行进过程中,相互之间的协调做得是否到位等,都是关键。只要在以后的工作中,事前做好各方面的充分准备,把各种可能出现的情况考虑得充分一些,把克服各种困难的措施采取得更周全一些,这样的险情是可以避免的。

经历过农场满手血泡的考验,经历过一天割一亩四分

阿布列林——焦裕禄精神的当代传人

地麦子的奋斗，还有那为掌握农活十八般武艺而日夜勤学苦练的实践，阿布列林已经把敢吃苦、能吃苦，不怕险情、想方设法避免险情铸造成自身顽强的意志。"越是困难的地方越能锻炼人。"这句焦裕禄的名言，已经融入阿布列林的血液中，落实到他的日常行为中，锻造成他坦然面对困难、敢于战胜困难、能够战胜困难的顽强品格。正因为具有这样的意志与品格，阿布列林不仅在翻砂工的岗位上坚守了下来，而且坚守了整整九年，直到他离开农机厂。

就这样，在翻砂工的岗位上，阿布列林跟着汉族师傅虚心学习使用熔化的红铜水、黄铜水、铝水或铁水等各种材料，浇注各种零部件的方法、时机、要点，并把这些技巧掌握得得心应手。随着技术的扎扎实实进步，阿布列林也从学徒工、一级工到二级工，从汉族师傅带领他浇注，到具备独立浇注的资格，从一个岗位的操作者——工人，到十几个岗位操作者的指挥——青年班班长，岗位不断变换，职位不断提升，但他对工作精益求精的精神没有变，他勇于担当、敢于担当的责任没有变。在一丝不苟地完成自己所担负的工作之后，车间有急难险重的任务时，经常可以看到他的身影，他已成为车间领导和职工公认的生产骨干和技术标兵。

第三节 三次考入大学 三次与梦想擦肩

尽管翻砂工的工作在别人看来很辛苦、很劳累,也很单调,但对满怀理想、年轻体壮、精力充沛的阿布列林来说,辛苦是释放,劳累是体验,单调的工作也让他演绎得丰富多彩,兴趣盎然。

翻砂车间温度高达40多摄氏度。冬天,车间里工人都是穿着单衣工作;夏天,哈密的温度特别高,内外夹攻,车间的燥热就更让人难以忍受。为了避开高温,厂里规定,夏天6点至12点上班,下午休息。在下午的休息时间里,很多人选择的是睡觉、打牌,或几个朋友在一起,买上几瓶啤酒,吆五喝六地消磨时光。

而这个时间段,对阿布列林来说,是学习研究工业方面的汉语词汇,用汉语练习写总结、记日记的最佳时间。每到这个时间,哈密新华书店里准能看到一个埋头钻研、如饥似渴地吮吸知识的年轻人,这个人不用问,肯定是农机厂的阿布列林。

阿布列林特别重视对汉语的学习,因为他对汉语的价值和重要性有着比别人更深刻的体验。借助于简单的日常汉语交流的能力，阿布列林清除了兰考之行与当地人语言交流的障碍，使那次难忘的兰考之行收获丰硕；得益于熟记在心的农业方面的汉语词汇，阿布列林在较短时间内就熟练掌握了农活的十八般武艺，学会了不少农作物的种植与管理技术。作为一名产业工人，如果不尽可能多地掌握工业方面的汉语词汇，就看不懂专业技术资料，弄不明白用汉语标注的图纸，就操作不了用汉语撰写使用说明的机器。阿布列林越学越感到汉语在工作和生活中的重要性。阿布列林于1971年5月2日在日记中写道："为社会主义建设和无产阶级革命的需要努力学习汉语。汉语是各族人民心中最红最红的红太阳伟大领袖毛主席的语言。"站在这样的高度学习汉语，就如同身后站着一个人在提醒和催促着他，抓紧一切可以利用的时间来提高自己。

　　自学，有一个好处，可以专心致志；自学，也有一个弊端，没有高手指点，有时为了掌握一些专业名词，不得不采取死记硬背这个"笨"办法。阿布列林在学习工业方面的汉语词汇时，经常会看到一些技术资料中的词汇，却找不到意思相近的维吾尔文的词汇。为解决这个问题，阿布列林就用汉语直接记下它的读音和意思。死记硬背，帮助阿布列林理解和明白了不少工业知识中的汉语词汇；死记硬背，促使他的汉语水平随着词汇量的增加不断向更高的水平攀升。

俗话说，机会总是青睐那些有准备的人。阿布列林从小就有一个梦想——上大学，无论在农场当知青时，还是在农机厂当工人时，阿布列林的这个梦想一直没有改变。

20世纪70年代，由于历史原因，尽管正常的高招停止了，但从表现优异的工人、农民和解放军战士中经过组织推荐，然后参加考试上大学并没有停止。人们形象地称通过这种形式上大学的学生为工农兵大学生。

1972年，是阿布列林来到农机厂的第三年，他以自己各方面优异的表现，获得厂领导的推荐。当时全厂被推荐的优秀工人仅有三人。他们三人参加了当年的工农兵大学生考试，考试的科目有数学、地理、政治、语文和历史，考试结果他们全部合格。

得知这个结果，阿布列林兴高采烈地来到哈密地区高招办，询问该到哪所大学学习（这一年的工农兵大学生招考，不是学员直接对准某个学校，而是由高招办根据考试结果把考生分配到指定的学校）。高招办的工作人员对阿布列林说："你的成绩及格了，但你的父亲有'历史不清'的问题，就看是属于人民内部矛盾，还是敌我矛盾。如果是前者，你可以入学；如果是后者，你就不能入学。"当时，上大学是要查三代的。在政治氛围异常的年代，查三代的原则是，宁可信其有，不可信其无。

因父亲的"历史不清"，阿布列林的政审没有过关，未能进入大学的校门。而父亲所谓的"历史不清"，仅仅是因为解放前他一边学兽医，一边在苏联人开办的飞机场当工人。

父亲高超的医疗技术，父亲对医疗事业的执着追求，父亲对妻子儿女无言而深沉的爱，父亲为解除百姓疾苦做出的贡献和无私付出，哈密百姓对父亲发自内心的敬重，让阿布列林从小就以有这样的父亲而自豪。但父亲所谓的"历史不清"，却阻挡了阿布列林实现在孩提时代就萌生的梦想——上大学。这让阿布列林陷入了深深的痛苦之中。他平生第一次也是唯一一次质问了父亲："你为什么历史不清？"父亲坚定地回答："我怎么历史不清？我是贫下中农，我的历史是清白的。"

1973年，随着政治环境的不断宽松，父亲所谓"历史不清"的问题得到澄清，组织上正式给父亲平反。

与梦想擦肩而过，不能不让阿布列林的心中有一些不快，但很快他就跳出了与梦想擦肩而过的影响。因为对于一个有志青年来说，任何挫折都是继续前行的动力，任何经历都是宝贵的财富。他像过去一样，仍然满怀激情地面对一切，仍然一丝不苟地钻研浇注技能，仍然一有时间就跑到新华书店，专心致志地学习工业基础知识和这方面的汉语词汇。他的工作仍然无可挑剔，他的专业素养仍在不断提高，他各方面的优异表现仍然让厂领导和同事们赞叹不已。

1975年，当厂里再次推荐优秀职工上大学时，阿布列林仍然以自己在各方面的优异表现，赢得农机厂所有领导的高度认可，仍然以高票被推荐为工农兵大学生人选，而且是农机厂的唯一人选。不用说，这一次阿布列林仍然以优异的成绩，通过五门考试，再次站在梦想的大门口。与上一次由高招办指定上哪个大学不同，这一次上哪个大学和学什么专业都是明确的：学校是新疆工学院，铸造和机械两个专业可以任选其一。

就在阿布列林收拾行囊，已经考虑什么时间出发，马上就要成为一名朝思暮想的大学生时，命运又一次让他在通往梦想的道路上戛然而止。

这一次，随着父亲所谓的"历史问题"被查清，政治上的羁绊被清除，阿布列林的政审是一路绿灯。然而，日常繁重的家务，让母亲的身体长期严重透支。当时，母亲刚刚做过手术，身体虚弱；价格不菲的手术费，加上弟弟妹妹们都在上学，让生活本已十分拮据的家庭经济负担更加沉重。自阿布列林到农机厂后，他每月的工资除了买一些必要的学习资料外，全部交给了母亲，贴补家用。

这一次大学校门对他的吸引力是巨大的。当时国家明文规定，工作满五年可以带薪上大学。将近五年的农机厂生涯和一年十个月的农场劳动，让阿布列林对带薪上学充满了信心。不巧的是，在农场劳动不算工龄（尽管后来国家发文，知青在农场劳动算工龄，但那已是后话）。这让阿布列林仅以四个月之差不能享受这项国家政策。不能带薪上学，对阿布列林来说，意味着加重家庭负担，也意味着再一次和梦想再见。

考虑到家庭沉重的经济负担，作为兄弟姐妹八人中男孩子的老大，阿布列林认为不能最大限度地为父母分忧、为家庭担责就应该感到内疚，更不用说因为自己上学给家庭再增加负担，那是万万不可以的。这次上不了大学，不等于以后就上不了大学。就这样，阿布列林再一次与他的大学梦擦肩而过。

1976年9月，哈密地区农机厂为落实中央精神，尽快提高青年工人的专业技术水平开办了"七二一"工人大学，学生是那些具有初中以上学历、工作中表现优秀、二级工以上资质、有培养前途的青年工人。老师均为本厂的工程师，主要教授工业方面的专业知识：理论方面有高等代数、高等几何、机电知识；操作方面有怎么看图、怎么设计等。

原本计划学习两年，而实际只学习了半年，前两个月为脱产，后四个月为半天学习，半天生产。

由于老师们都是农机厂的技术权威，他们采取理论讲解与农机厂的生产实际相结合的教学方法，教学效果很好，阿布列林和其他学员普遍感到受益匪浅。尽管"七二一"工人大学只开办了半年，却为农机厂培养了一批业务骨干。

转眼到了1977年。对知识的重视、对知识分子的尊重被提到了前所未有的高度。由于恢复高考，这一年将是中国历史上被永远铭记的一年。取消了推荐和政审，所有符合条件的青年均可以参加高等学校入学考试。人们把渴望知识、渴望成才的愿望，几乎全部寄托在了高考上。

这一年的高招，参加考试的人大部分为正在接受再教育的知识青年，像阿布列林这样已经当了七年工人的大龄青年所占比例很小。这一年，阿布列林走进高考的考场，向着自己的梦想发起了第三次冲击。这一次，阿布列林高考获得了优异成绩，可以到石河子大学的防疫专业报到。但当时有个规定：凡已经工作的学生可以带薪上学，即当走读生（学校不负担吃住）。招生办专门给可以带薪上学的考生谈话，如果愿意当走读生自己解决吃住问题，就可以入学；如果不同意就不能入学。当时阿布列林是二级工，月工资52元，除必要的花销外，工资全部交给了母亲，对家庭是一份不小的补贴。如果上学期间自己掏钱租房子、自己解决吃饭问题，每月的工资也就所剩无几，就不能为父母分担家庭沉重的生活负担。在责任与梦想之间，阿布列林仍然毫不犹豫地再一次选择了扛起责任，把实现梦想的时间定在了未来。

第四节　甘于奉献　播撒一片阳光

在农机厂，阿布列林是出了名的岗位能手、业务标兵；在农机厂，阿布列林同样是政治上积极要求进步的青年，是翻砂车间响当当的团支部书记。

说他是响当当的团支部书记，是因为，农机厂所有的文体活动他都是主要的组织者和积极的参与者。他是厂里的乒乓球队和排球队队员，经常与外单位联合组织职工开展乒乓球赛、排球赛，以增强职工的身体素质，增进与其他单位职工的友谊。

阿布列林在歌唱和舞蹈方面有天赋，参加了农机厂的文艺宣传队，编排舞蹈，演唱革命歌曲，把精彩的节目奉献给农机厂的职工，丰富他们的精神文化生活。他编排的节目参加了哈密地区的文艺会演，得到了广泛好评。

每到麦收季节，阿布列林会和年轻职工一起到黄田农场帮助麦收；每到农机厂举行劳动竞赛，百日会战，向党的生日献礼会战，抢工期、抓进度生产会战等活动，代表全厂年轻职工在大会上作表态性发言的总是阿布列林。

在农机厂，阿布列林是干完这项工作接着就会干另一项工作，他牢记焦裕禄所说的"年轻力壮的时候不为党多做点事，将来老了，只怕想干也干不成了"。他不仅在岗位上兢兢业业、一丝不苟，岗位之外的工作也做得异常出彩。

20世纪70年代，不少企业的黑板报是宣传企业职工中的先进事迹、鼓舞职工兢兢业业生产的重要阵地。对于办黑板报，大部分企业是安排专人来撰写和编排，而在哈密地区农机厂，则是阿布列林利用业余时间在编排，而且是他主动要求承担的，不要任何报酬。

黑板报一般情况下一个月出一期，但有时也会根据形势需要半个月出一期，或车间新的生产计划出台，急需的时候，也有一个礼拜出一期的情况。通过黑板报这个阵地，他把车间里振奋人心的消息、职工关心的国家大事、车间班组的生产进度等，及时地传达给每一位职工，激励他们比学赶帮，立足岗位建功。

通过办黑板报，阿布列林养成了每天看《人民日报》《新疆日报》的习惯；通过办黑板报，阿布列林养成了每天记日记的习惯。通过天天记日记，阿布列林用汉语写总结、写言论、写调查的能力得到很大提高。

不少人称阿布列林是工作狂。他早已把满负荷的工作看作增长才干的路径、成长进步的阶梯。阿布列林在回忆那段青春岁月时说："年轻时精力充沛，为党工作有使不完的劲儿，非常愿意一个活接着一个活地干。"

1975年，为加强备战，搞好防空，农机厂成立了高射炮民兵连，阿布列林被任命为一排一班班长。工作之余，他积极学习高射炮射击，到戈壁滩上练习打气球，增强军事技能，时刻准备着，一旦国家需要，做到招之即来，来之能战。

从1975年至1976年国家号召普通学校开门办学，哈密地区的初中和高中纷纷组织学生到工厂进行开门办学，阿布列林是厂里指定的负责开门办学的老师。他组织学生们进行政治学习，分配学生们到车间的班组劳动锻炼，或把学生们集中起来，完成厂里交给的一些突击性的生产任务。当时，哈密四中成立了一个小型翻砂厂，请农机厂派人做技术指导。厂里派阿布列林和两名工人去帮助他们解决技术上的问题。年轻的阿布列林就是这样，甘于奉献，不知疲倦，心中充满阳光，身上干劲十足。

第五节　年年递交入党申请书
十五年后终于如愿

立志要做焦裕禄的好学生的阿布列林，积极向党组织靠拢，因为，早日成为中国共产党党员是做焦裕禄的好学生的必要内容。自1969年到火箭农场四分场当知青开始，阿布列林每年都郑重地向组织递交入党申请书。

当时农场的领导机构是革委会，不是一级党组织，不具备发展党员的职能。革委会主任对他说："什么时间恢复党组织，什么时间考虑你的入党问题。"

阿布列林想，什么时间恢复党组织他不知道，但入党对他来说是必需的。尽管递交入党申请书也入不了党，但他依旧年年向革委会递交入党申请书，表达他不管在什么岗位，不管在什么样的环境，都信仰共产主义，听党的话、跟党走，做一个焦裕禄的好学生的坚定信念。

从1969年到1975年，阿布列林向农场革委会和农机厂革委会递交的申请书有十几份。不管是农场还是农机厂，都是革委会主持工作。直到1975年，农机厂革委会被取消，成立了党委会，各个车间都成立了党支部。党委会对阿布列林各方面的优异表现和对党的执着追求非常满意。1979年，农机厂党委把阿布列林列为入党积极分子。就在准备发展他为预备党员时，阿布列林作为优秀职工被选拔到哈密县检察院工作。农机厂党委会随即把阿布列林被列为入党积极分子的意见及材料，连同阿布列林连年递交的入党申请书转交给哈密县检察院党组织。

当时，哈密县公检法系统是一个党委，入党名额有限，只能按递交入党申请书的时间先后发展党员。1982年，哈密县公检法系统党委被撤销，公安局、检察院和法院分别成立了党委或党组。1984年1月，阿布列林光荣地加入了中国共产党，他多年的夙愿终于得以实现。

中 篇

第一章 铁案是这样办成的

第一节 调入检察院 两个月独立办案

在"文化大革命"中被砸烂的检察院，1978年年底被正式恢复重建。1979年，中央下发文件，要求从工人、转业军人中选拔优秀分子充实到检察院、公安局和法院工作。阿布列林作为哈密地区农机厂优秀职工，经过严格的政审，以优异的成绩通过文化考试（包括笔试和面试），被选拔到哈密县检察院工作。

检察院是国家法律监督机关，与公安局、法院分工负责、互相配合、互相制约。检察院监督公安局的侦查活动，对公安局依法移送的审查批捕、审查起诉的案件进行审查，做出决定；检察院监督法院的审判活动；此外，检察院还单独办理国家公职人员贪污受贿案件、渎职案件（职务犯罪）。

　　检察院的工作人员头顶国徽，工作光荣，使命神圣。阿布列林来到检察院工作，就像焦裕禄当年被派到兰考工作一样，对他来说是一个全新的领域，也是一个巨大的挑战。尽管他从未做过检察工作，一切都要从零开始，大量的法律知识需要学习，还有大量的案件需要他一一办理，但他深深地感谢组织对他的信任，满腔热情地要在新的岗位上干一番无愧于党和人民的事业。

　　1979年7月1日，第五届全国人民代表大会第二次会议审议通过了我国第一部《刑法》和《刑事诉讼法》，自1980年1月1日起施行。

　　1979年12月，刚刚到检察院工作的阿布列林，就和其他所有新来的同志一起，参加了在哈密市委党校举办的法律培训班，学习了两个月的《刑法》和《刑事诉讼法》。培训一结束，哈密县检察院就依据阿布列林在农场和农机厂的优异表现，任命他为助理检察员。

　　在检察院，助理检察员是一个可以独立办案的职务，在法院审理案件时，可以代理检察员的身份出庭支持公诉。

　　当检察长在大会上宣布阿布列林等人为助理检察员时，阿布列林深感责任重大。因为，无论在农场当知青，抑或在农机厂当工人，不会可以学，不懂可以问，这一次干不好，还有第二次。但助理检察员不同，独立办案，不仅要非常熟悉《刑法》和《刑事诉讼法》，还要能够熟练地、准确地运用《刑法》和《刑事诉讼法》，做到所办的每个案件，事实清楚、证据确凿、定性准确，批捕起诉正确率要达到百分之百。因为，每一个案件的量刑是否适当，都牵涉执法是否公正，都代表着检察院的司法水平，关乎着检察院乃至国家司法机关的形象。

作为法律监督机关，检察院办理的案件，时间上都有明确要求。如：审查批捕的案件不能超过三天（在当时），审查起诉的案件不能超过一个半月。这都对办案人员的业务素质提出了很高的要求。

对于以前从未接触过法律的阿布列林来说，他需要在短时间内完成从法律门外汉到法律专家的转变，困难之大可想而知。但阿布列林牢记焦裕禄说过的话："有了困难，只要去斗争，困难只会减少，克服一分困难，就是一分胜利。"

面对厚厚的法律专著，阿布列林抱着蚂蚁啃骨头的精神，一个条款、一个条款地钻研了起来，一个词、一个词地学起了原来从未接触过的法律方面的汉语词汇。尽管和大多数维吾尔族同胞相比，阿布列林的汉语无论是口语还是书面语都是比较好的，但法律是专业性很强的一门学科，对于法律专业的汉语词汇，阿布列林仍然是一张白纸，需要抓紧时间补课。

同时，加快学习法律方面的汉语词汇更是工作的需要。国家在《宪法》和《刑事诉讼法》中明确规定，要保证少数民族使用本民族的语言文字行使诉讼的权利。因而，案件调查、书写法律文书，要使用维吾尔语。新疆地域辽阔，各地情况差异较大，在南疆由于维吾尔族人口众多，不仅案件调查、书写法律文书要使用维吾尔语，讨论案件同样要使用维吾尔语。但东疆和北疆由于汉族人口众多，干警大部分是汉族，因此在讨论案件时又要使用汉语。

面对数百个枯燥的法律条款和相应的汉语词汇，如同数百道难题，考验着阿布列林。阿布列林拿出了比在农场和农机厂更大的干劲，如饥似渴地学习法律知识，学习法律方面的汉语词汇。通常情况下，阿布列林白天办案，晚上至少学习2至3个小时；如果哪天白天不办案，他就抓紧一切可以抓紧的时间学习；星期天对他来说更是宝贵，他可以一整天心无旁骛地坐在办公室专心致志地学习。

学习，对于从事司法工作的人来说是一个永恒的话题。因为法律条款不是一成不变的，它要随着时间的推移和实践的检验，不断丰富和完善。对于刚刚踏入检察机关的阿布列林来说，除了必须学习掌握我国第一部《刑法》和

《刑事诉讼法》外,还要学习最高人民法院、最高人民检察院、公安部根据形势的发展变化,分别给出的司法解释及量刑标准。

尽管当时检察院的工作条件非常差,没有摩托车和汽车等交通工具,办案都是骑自行车,但年轻的阿布列林意气风发地骑着自行车,穿行在哈密县的大街小巷,到居民聚居区深入寻访;风驰电掣般地骑行在哈密广袤的原野,长则数十公里,短则十几公里,深入到案发单位走访调研。有时路途实在遥远,他就搭乘其他交通工具。

1980年2月,五堡乡一个农民先后偷了生产队的三头牛,其中两头牛在三道岭矿区一个工人的帮助下屠宰出售。那名工人在明知是偷盗来的牛的情况下,仍然帮其销赃,构成犯罪。但由于对《刑法》内容方面理解上的不一致,在公安局的起诉意见书中偷牛的被要求起诉,销赃的却逍遥法外。

为把案件查个水落石出,阿布列林和王金辰检察长一起,搭乘外单位拉煤的汽车,冒着刺骨的寒风,到80多公里以外的三道岭矿区调查,终于查明事实真相,偷盗者被判刑三年,销赃者被判一年管制。

第一年到检察院工作,阿布列林就单独或参与办理了30多起案件,件件调查详细、事实清楚,书写的法律文书质量比较高。

就这样,经过两年边学边干,边干边学,阿布列林不仅能够熟练地使用维吾尔语和汉语背诵《刑法》和《刑事诉讼法》,还能准确地使用维吾尔语书写法律文书,用汉语参与案件讨论。由于法律适用准确,维吾尔语书写和汉语表达到位,阿布列林参与办理的案件都是一次通过,每次都受到检察长王金辰的表扬。

1989年,由于检察院负责翻译工作的人不具备应有的法律知识,在把维吾尔语翻译成汉语的表达上出入很大,检察院的工作报告被退回。张土玉检察长认为,阿布列林的翻译水平比检察院专职翻译的水平高,他明确指示,哈密县检察院的工作报告由阿布列林翻译审定。果然,阿布列林翻译的工作报告被一次通过。从此,这项最能体现检察院法律水平和翻译水平的工作,阿布列林连续干了九年,年年都是一次通过。

第二节 执法严明 不枉不纵

经过几年的办案实践,阿布列林深深地体会到,检察院作为国家法律监督机关,既具有执法的权力,又具有监督执法的职责，责任重大，身为办案人员，必须以对党和人民高度负责的态度，对所办案件，做到事实清楚，证据确凿，定性准确，不能出现任何差错。

1983年8月，中央决定：全国统一行动，严厉打击严重危害社会治安的犯罪分子。阿布列林被派到哈密社会治安最差的三道岭，负责处理民族案件。

这次打击活动与平时办案不一样，这一次是打破常规，集中公检法三方力量统一办案，各负其责。根据从重从快办理的要求，办案人员都是加班加点工作。阿布列林要对公安部门报送的等待立案的所有材料进行审查，白天晚上都要撰写阅件笔录。在仔细查看公安机关准备报送的、等待立案的诉讼材料的基础上，决定哪些可以立案，哪些不能立案。经过认真审查，他一共确立了几十起案件。

对于这些立案案件的被告人，哪些需要批捕，哪些需要起诉，阿布列林都要以事实为根据，以法律为准绳，做到证据确凿，定性准确，不枉不纵。

然而具体到每一个案件，要在执法中做到定性准确，就必须想尽办法，查明事实真相。

在一份立案材料中，有个名叫阿尔肯·谢力甫的人，他参与了一起盗窃案。公安局的起诉意见书中是这样写的：阿尔肯一个晚上偷了两辆自行车，打伤了一个名叫亚生·

阿皮孜的人的肋骨。对此，阿尔肯矢口否认，他对办理案件的阿布列林说，他承认偷了两辆自行车，但不是一次偷两辆，而是两次偷了两辆；对打伤亚生·阿皮孜肋骨一事也予以否认，他说，他确实打了亚生·阿皮孜，但与他肋骨受伤无关，他的肋骨是过去受的旧伤。

为弄清阿尔肯偷盗自行车的真相，阿布列林重新调来报案书。经查，报案书是夫妻二人各自写了一份，报的是同一辆自行车被盗。由于办案人员疏忽，没有审看出两份报案书报的是同一辆自行车被盗，遂将一辆车写成了两辆。阿布列林通过调查查明，阿尔肯之前还偷过一辆自行车，车主名叫曹佚侯。至此，阿尔肯盗窃案的准确事实被查清。

对于阿尔肯殴打亚生·阿皮孜，致使其肋骨损伤一事，阿布列林要求三道岭矿务局医院对其伤口进行医学鉴定。经矿务局医院对其伤口进行X光拍片，证实亚生·阿皮孜肋骨损伤是由新伤所致。至此，阿尔肯参与的偷盗和打人案件的所有事实被调查清楚。在确凿的证据面前，被告人阿尔肯·谢力甫心服口服，在开庭宣判时，阿尔肯连辩护人也不请，当场对犯罪事实供认不讳，并对检察院严谨细致的调查取证和敬业精神表示佩服。

在纷繁复杂的社会生活中，往往会发生许多意想不到的事情。这许多意想不到的事情会使一些案件的来龙去脉变得扑朔迷离，也会给公正办案带来难以预料的麻烦。

在三道岭，阿布列林接到这样一个案件，称被告人斯依提汗·比沙汗偷了一头红色的奶牛，价格为450元。被告人承认偷了一头牛，但不是红色的奶牛，而是黑色的公牛。起诉意见书与被告人所述出入很大，只有查明事实真相，才能公正办案。为此，阿布列林来到案发地调查事件发生的原委。经深入调查，阿布列林发现，此案有两个报案人，一个叫赛旦夏·艾利，另一个叫赛旦夏·亚奇，他们两人都丢过牛。赛旦夏·艾利丢的是红色的奶牛，价格为450元；赛旦夏·亚奇丢的是黑色的公牛，价格为400元。尽管都是牛，但奶牛和公牛，它们的价格不一样；价格不一样，处理的轻重就有差别。

经过对被告人说的偷牛的时间、地点、牛的颜色，和两名报案人说的进行进一步对证，阿布列林认定，斯依提汗·比沙汗偷的是赛旦夏·亚奇养的黑色的公牛。法院以此做出了公正的判决，维护了法律的严肃性。

有些案件牵涉的人数众多，案件复杂，在办理中哪怕有一个小小的疏忽，就有可能导致误判和错判，有时甚至会伤及无辜，冤枉好人，造成严重的后果。

还是在严打期间，有一起涉及五名被告人的强奸轮奸案。其中安尼瓦·玉素甫、张建军两名被告人由于有多种犯罪事实被从重处理，另外三名被告人另案处理。此案的材料全是用汉文书写的，由阿布列林负责办理。其中一个被告人叫阿不列孜（在案卷中只写了名，而没有写姓），公安机关的起诉意见书和检察院的起诉书都认定他参与了此案。阿布列林接手此案后，经过认真阅读公安机关的侦查材料，认为其中疑点较多，需要调查取证。但严打期间有规定，办案人员和被告人不能接触，阿布列林就采取秘密调查的方式，到有关单位走访。经查，阿不列孜是三道岭某学校的优秀教师，平时对自己要求严格，品行端正。为彻底弄清楚案件真相，阿布列林采取让被害人当面辨认的办法，终于认定一个名叫阿不拉·哈德尔（化名）的人为犯罪嫌疑人，避免了一次错捕。

在严打期间，阿布列林始终秉持以事实为根据，以法律为准绳的办案原则，办理了几十起案件，均做到了事实清楚，证据确凿，定性准确，批捕、起诉正确率达到100%。他以严谨细致的工作作风，做到了既不冤枉一个好人，也不放过一个坏人，让法律成为维护社会公平正义的利器。

借助严打的威力，阿布列林不失时机地在三道岭加强法制宣传，用严打的巨大成效，教育群众遵守法律，给不法分子以极大的震慑，有六名犯罪嫌疑人主动向公安机关投案自首，展示了严打的威力和宣传的引导作用，遏制了三道岭这个哈密社会治安最差的地方案件多发的势头，确保了社会稳定和百姓正常的生产、生活。

鉴于阿布列林在严打期间的突出表现，哈密县委、哈密市委先后授予阿布列林"严打先进工作者"荣誉称号。

第三节 九天九夜奋战 抓捕逃犯归案

在司法战线工作，没有超强的吃苦精神，没有不达目的誓不罢休的勇气，是办不了大案、要案和疑难案件的。有些案件办理难度之大、困难之多，对办案人员的精力、体力甚至意志力都是严峻考验。

1997年5月，哈密市成立五堡乡专项整治工作队，阿布列林担任副队长。

他花了半个月时间，将1980—1997年五堡乡有过犯罪记录的人员名单全部统计出来。在排查中，他发现一个名叫乌麻尔·艾力的人，潜逃已达三年之久。

20世纪90年代初，乌麻尔伙同其他三人闯入哈密三道岭矿区南泉的一个库房内，盗窃了价值700元的帐篷，当晚他又窜入南泉砖场，用木棒将值班人员打晕，抢走红梅牌黑白电视机一台、手表一块、人力车轱辘八套和其他一些财物后逃跑。

阿布列林认为，乌麻尔的犯罪行为特别恶劣，理应受到法律的严惩。

经过近两个月的摸底排查，阿布列林得到线索，乌麻尔经常在3个地方活动：一是大连，二是库尔勒，三是乌鲁木齐。

这无疑是个令人振奋的线索。当务之急，是找到乌麻尔的照片进行核对。然而，偌大一个哈密市上哪里去找照片？阿布列林想了很多办法，最后决定在乌麻尔亲友圈里一个一个地调查。最终，他找到一个线索：乌麻尔已婚，在哈密市民政局领的结婚证，那里有他的档案，档案中肯定有他的照片。

民政局的几万件档案静静地躺在书柜里，可谓浩如烟海，何况当时也没有数字化管理这一说。阿布列林在书柜里一个档案一个档案地仔细搜索，用了整整两天时间才找到乌麻尔的照片。

时任哈密地区检察院检察长的董剑到五堡乡慰问工作队员时，阿布列林将这个重要发现进行了汇报。随后，他又回到哈密市检察院就如何抓捕乌麻尔和有关人员进行专题研究。上级决定，成立追捕小组，由阿布列林担任组长。

追捕小组赶到乌鲁木齐，根据线索到社区查流动人口租房登记表。走了3个社区，查了几万条信息，都没有发现乌麻尔的名字。

他们不甘心，在乌麻尔可能活动的社区继续查找，查到凌晨两三点，实在困得不行，睡上三四个小时，起来继续查找。

在久查无果、原计划直接抓捕已不具备条件的情况下，阿布列林决定改变行动计划。经过请示，他们决定实施第二套方案，引蛇出洞。让相关人员和乌麻尔的亲戚谈判，用做生意、签合同的名义，将乌麻尔引到乌鲁木齐一家宾馆内，实施抓捕。

至此，经过九天九夜奋战，终于在乌鲁木齐将逍遥法外三年之久的乌麻尔抓捕归案。

第四节 不惧压力 彰显忠诚

英国哲学家培根说：一次不公的判决比多次不平的举动为祸尤烈。因为这些不平的举动不过弄脏了水流，而不公的判决则破坏了水源。

多年的执法实践，让阿布列林深刻地认识到，不法之徒再嚣张，都可以通过司法手段来惩治。反之，如果司法不公，那么违法事件不仅无法得到公平处理，而且是对公平正义的更大打击。一桩违法事件可能危害一个人或一个群体，而司法不公危害的却是渴望得到公平正义的人，甚至是整个社会的公平正义乃至政府的信誉。

作为一名检察官，阿布列林深知，公正执法，不仅是国家赋予的神圣使命，更是一个执法人员必须要有的浩然正气。要通过自己公平公正的判决，在公民中树立法律的权威。阿布列林时时激励自己："焦裕禄到兰考的主要任务是治理'三害'。我的任务，就是把每一个案件办成铁案。"

而能否把每一个案件办成铁案，在很多情况下不是技术问题和水平问题，而是政治问题和责任问题。

1993年9月，哈密市检察院受理了一起奸淫幼女案。被告人自1991年上半年至1992年3月底，用半路拦截的手段，四次奸淫一名年仅12岁的女学生。待后来发现时，女孩已怀孕8个月，导致女孩身心受到严重伤害。

哈密市检察院以奸淫幼女罪对被告人提起公诉。哈密市法院一审以"被告人认罪态度好，积极赔偿被害人损失"为理由，判处被告人有期徒刑8年。

阿布列林在仔细审查这个案件后认为量刑畸轻。被告人多次奸淫幼女，属强奸罪中"情节特别严重"者，且造成的后果严重，不具备法定从轻、减轻处罚的情节，按照《刑法》第一百三十九条第一、二、三款之规定，应判处十年以上有期徒刑。如不抗诉，保证不了法律的严肃性。阿布列林将此案件上报检委会，检委会通过讨论，认为应当抗诉。

阿布列林亲自撰写抗诉书，以充分的事实和法理依据向法院提出抗诉。法院二审认为，市检察院抗诉有理，撤销一审判决，改判被告人有期徒刑10年。

由于来自不同方面的阻挠，公正办案不是能不能办的问题，而是敢不敢办的问题。顶着来自方方面面的压力，公正办案考验的是办案人员对法律的忠诚，更是对党和国家的忠诚。

1995年4月，一个名叫艾尼瓦尔·艾买提的犯罪嫌疑人多次使用暴力和胁迫手段，在田地里强奸一名维吾尔族女青年。案发后，被害人向公安机关报案，艾尼瓦尔被传唤至公安局专案组。经讯问，艾尼瓦尔对犯罪事实供认不讳。

至此，按法律程序，此案应该报检察院审查批捕。这时，艾尼瓦尔的父亲找到办案人员说，被害人已与他儿子达成协议，要在一个半月内嫁给他儿子。经了解，被害人出于名誉上的考虑，确实答应过嫁给艾尼瓦尔。专案组三位公安民警由此不再追究艾尼瓦尔的刑事责任。

半年过去了,艾尼瓦尔不仅没有履行承诺,还到处宣扬说被害人是加拉普(维吾尔语,意为破鞋),从心理上、名誉上、精神上对被害人造成了伤害。

被害人生长在农民家庭,父母长期有病,既没有任何社会背景,更没有经济实力,是典型的弱势群体。艾尼瓦尔之所以如此猖狂,就是依仗着自己在公安局有关系,恃强凌弱。好在被害人的姑姑是位教师,她在了解此事后,帮被害人写了一份申诉材料。阿布列林看完申诉材料后,异常气愤,他让检察院有关人员秘密调查此案。大量确凿的事实证明,艾尼瓦尔的强奸罪名成立。

1996年4月21日,艾尼瓦尔在被检察院传唤的路上借上厕所的机会逃跑。1996年5月7日,艾尼瓦尔回到家中,在其父亲和哥哥的劝说下,到检察院投案自首。5月16日,艾尼瓦尔被依法逮捕,后被判处两年有期徒刑。

三名公安局办案人员在不顾被害人受到严重的身体和心理伤害的情况下,做出不追究艾尼瓦尔刑事责任的决定,构成徇私枉法罪,理应追究法律责任,但考虑到他们如实地保存了案件材料,被害人当时同意嫁给艾尼瓦尔亦是事实,且在检察院介入此案、查明真相后,能够承认错误,加之公安部门领导也要求宽大处理等因素,三名公安局办案人员被免予起诉。

第五节　法律不是儿戏　感情不能变味

人是社会关系的总和，每个人都处在各种关系之中。以血缘关系为纽带的亲情，通过日常生活中的互相照顾、彼此帮助，会随着时间的推移而增进；以工作关系为基础的同志情谊，则是通过工作上的交往而建立起来的相互信任、相互帮衬的一种情感。不少人就是利用这些情感，借助对方掌握的权力，搞一些党纪国法不容许的事情，这样一来不仅使这种情感变了味，也影响到正常的亲情关系和同志情谊，甚至影响到社会风气。

1994年上半年，三道岭公安分局在侦破一起万元盗窃案件后，由于考虑到一名犯罪嫌疑人是公安分局主要领导的儿子，没有及时将案件移送至检察机关。阿布列林得知这一情况后，立即带领干警到三道岭现场督查。经了解，这是一起盗窃商店财物案，有12名成员参与。在这起案件中，犯罪嫌疑人通过干涸的下水管道进入商店，在店里，吃的吃，喝的喝，吃喝完毕，顺手将店里上万元的物品盗走。

在这起案件中，三道岭公安分局主要领导未满18岁的儿子也是犯罪嫌疑人之一。阿布列林与这位领导平时业务往来很多，私人关系也很好。阿布列林找到这位领导，向他说明案件情况。这位领导对其儿子参与盗窃非常痛心，明确表示：该怎么办，就怎么办，支持检察机关依法办理案件。

经过对此案仔细审查，检察院做出依法追捕5人、起诉6人的决定。

阿布列林不仅在同志面前不徇私，在亲人面前也不枉法。阿布列林有个表姐，平时两家来往密切。逢年过节，表姐都会带上礼品看望阿布列林的母亲。

1990年，表姐的儿子参与了一起盗割高压线的案件，被公安机关刑事拘留。表姐哭天抹泪找上门来，要阿布列林救救她儿子。

阿布列林热情接待了表姐，向她耐心讲解法律，就是不接如何救她儿子的话茬。表姐见打亲情牌无用，哭闹无效，气呼呼地走了。

表姐的儿子被依法判处有期徒刑两年六个月。从此，表姐连续10年没登过阿布列林的家门。直到2000年年底，两家才恢复正常的亲戚来往。

其实在这起盗窃案中，阿布列林表哥的儿子也是被告人之一,而且是主犯。由于阿布列林公正办案在哈密是出了名的,所以,他们知道,找与不找都要被判刑,干脆就静候发落了。

对此,有些亲朋好友不理解,认为阿布列林太不讲情面,而阿布列林则认真地告诉他们:"我的权力是人民赋予的,就要对人民负责,对国家的法律负责,不能做有悖于人民和国家的事。"

第六节 为了一个核桃 打了年幼的女儿

在现实社会中,不少人在金钱、美色的诱惑面前迷失了方向,有些腐败分子甚至利用手中的权力,大搞权钱交易、权色交易,败坏党风、政风和社会风气,给党和人民的事业造成了巨大损失。但真正的共产党人,有共产主义远大理想,有全心全意为人民服务的精神,有对党和人民的事业高度负责的态度,他们在糖衣炮弹的进攻面前筑起了一道攻不垮、打不烂的坚固防线。

生活在哈密的维吾尔族群众有一个风俗,即维吾尔族妇女不管是去朋友家、亲戚家、邻居家还是同事家,只要是第一次去拜访,不能空手去,必须带上馕、哈密瓜、葡萄、杏子等土特产，以示对人家的尊重。

1992年秋天，一个犯罪嫌疑人的母亲拎着白糖、核桃、馕等礼品来到了阿布列林家，为儿子求情。按照维吾尔族的风俗习惯，她是第一次来到阿布列林家，带上这些礼品无可非议，阿布列林收下这些礼品也属人之常情，但她是犯罪嫌疑人的母亲，阿布列林知道她带礼品的目的。她的儿子在强奸一名汉族女青年时因遭到激烈反抗，用刀子割伤了女青年的脖子，致使女青年失去反抗能力而被强奸，犯罪情节异常恶劣。公安机关于案发当天将其抓捕归案。

她的求情自然被阿布列林严词拒绝。就在犯罪嫌疑人的母亲即将离开时，阿布列林不到4岁的女儿看到核桃，上前拿了一个，任凭阿布列林怎么劝说就是不撒手。一直以不拿案件当事人一针一线为办案原则的阿布列林情急之下，一巴掌打在女儿脸上，女儿号啕大哭起来。母子连心，这一巴掌打在女儿的脸上，疼在妻子麦尔燕木·苏菲的心上，妻子满腔怒火地斥责起阿布列林："不就是一个核桃嘛！她还是一个孩子呀！这日子没法过了！"说完，她抱起孩子，满脸怒气地回了娘家。气头上的妻子让人给阿布列林捎话："离婚！"

对于打女儿这件事，阿布列林事后也很后悔。女儿阿孜古丽·阿布列林是他唯一的孩子，他的掌上明珠。阿布

中 篇 第一章 铁案是这样办成的

列林后悔当时下手太重，让孩子承受了本不该承受的惩罚。

阿布列林也深深地理解妻子。自己平时没日没夜地工作，是妻子把家庭操持得井井有条，对他的工作给予了大力支持。阿布列林诚心诚意多次到岳母家负荆请罪。岳母是位开明的老人，她告诉阿布列林："不拿案件当事人的东西对。但打孩子不对，孩子小不懂事，她哪知道这核桃会与办案有关联。"阿布列林诚挚地向岳母保证："这是我第一次打孩子，也是最后一次打孩子。"见阿布列林已经认识到错误，岳母转而做麦尔燕木的工作，她劝解女儿："阿布列林做得对，你就消消气回去吧。"麦尔燕木本身就是一个明事理的贤内助，在母亲的劝说下，她带着女儿回到家中。

见明着贿赂不起作用，有人就开始暗地里打主意。2010年，阿布列林办理一起重大毒品案。一天，主犯的母亲来求情，被阿布列林当场拒绝。临走时，她悄悄地将1000元钱压在报纸底下。阿布列林发现后，立即将1000元现金上交法院纪委。最终主犯被判无期徒刑。

糖衣炮弹攻不垮阿布列林坚固的防线，有些犯罪嫌疑人的家属就开始尝试着从阿布列林家人那里打开缺口。

1996年6月的一天，打听到阿布列林不在家中，一名犯罪嫌疑人的姐夫带着又大又肥的羊后腿来到阿布列林家，他想让阿布列林的妻子麦尔燕木·苏菲为其内弟说情。麦尔燕木告诉他："阿布列林从不拿手中的权力做交易，任何东西都不会收，你赶快把羊腿拿走吧。"犯罪嫌疑人的姐夫无奈，只得拎起羊腿灰溜溜地走了。

第七节 "如果我牺牲了，党和人民不会忘记我"

阿布列林依法办案、公正办案，许多案件当事人是理解的，也是满意的，甚至是满怀感激的。

但一些不法之徒却对阿布列林恨之入骨，采取各种手段对其进行恐吓、威胁，甚至要置阿布列林于死地。

1988年6月的一个晚上，阿布列林两口到岳父家中看望生病的岳父，返回时已是晚上12点左右。当时天空乌云密布，漆黑的夜晚伸手不见五指。阿布列林骑着自行车带着妻子小心翼翼地行驶在两旁长有杨树的小路上。在离家大概50米的地方，突然从路旁的树林里飞过来几个硬土块，阿布列林和妻子随即下车，还未站稳，又有几块砖头和石块从身旁飞过。阿布列林迅疾打开手电筒往石块飞来的方向照射，只见两个人影消失在路东不远处一片很大的维吾尔族人的墓地里。

中 篇 第一章 铁案是这样办成的

回到家中,妻子因惊吓脸色有些发白,她提醒阿布列林:"肯定是你办的那些本地案件的被告人,刑满释放后报复来了,否则不会把我们的行动了解得那么清楚。以后晚上我们要早一点回家,你外出一定要注意安全。不行的话,我们就搬到父母家住。"阿布列林认为妻子说得有道理,在他办的案件中就有本村的人作为被告人,他的确应当加强防备。

仅仅隔了3个月,还是在一个晚上,仍然是在这条路上,阿布列林骑自行车带着已有4个月身孕的妻子从岳父家吃完晚饭回来,在离家只有十几米远的一个上坡的地方,又是从路东树林里扔过来几块石头,其中一块"咣当"一声击中了自行车。阿布列林立即停下自行车,扶妻子下车,然后拔出手枪向空中开了两枪,大声说:"谁!你给我站住!"便朝扔石头的方向追赶,只见两个黑影瞬间消失在路东那一大片维吾尔族人的墓地里。

真是不幸中的万幸,如果歹徒的石头击中的不是自行车,而是差之毫厘的阿布列林怀有身孕的妻子,其后果不堪设想。

阿布列林深有感触地说:"公正执法不容易,作为当地人难度更大。因为,执法人和被执法人双方知根知底,对方报复起来很容易得手。"

阿布列林——焦裕禄精神的当代传人

　　1990年肉孜节（维吾尔族的一个传统节日。在肉孜节这一天，维吾尔族群众都要挨家挨户互相拜年，无论拜到哪一家，都会品尝他们制作的各种精美的食品。因此，肉孜节之前，各家各户都会拿出看家的本领，制作出自己拿手的美食，准备足够的餐具，以备客人到来时品尝）前夕，阿布列林夫妻参加完同事孩子的割礼（维吾尔族的一个传统仪式），回到家开门时，感到地上烫脚。低头一看，是柴草刚刚烧过的灰烬，里面还有火星。推开门，发现房屋所有窗户的玻璃被砸碎，过节准备的几十个碗、盘子和碟子也被砸得稀巴烂。妻子一看就哭了："这年可怎么过啊？"没办法，两人只得把门锁上到岳母家住了一个晚上。

　　第二天，阿布列林向检察院领导做了汇报。张土玉检察长专门到现场查看，他告诫阿布列林："犯罪分子在暗处，你在明处，要提高警惕，晚上外出必须带上枪和手电筒。"张土玉检察长转身提醒阿布列林的妻子："阿布列林办的都是刑事案件，有一定的危险性，你们两个人都要提高警惕。"阿布列林的妻子感谢领导的关心，她告诉检察长："我早已做好了和不法之徒斗争的准备，阿布列林外出调查案件时，我就把斧头、菜刀和小刀放在枕头底下，以防万一。"张土玉称赞她："你的沉着和勇敢让人敬佩！"

　　这次事件，使阿布列林不得不进一步加强防范。他想：

中 篇 第一章 铁案是这样办成的

如果歹徒把房子燃着，再把门反锁上，他们怎么出去？后来，阿布列林在老宅上修建房子时，专门在房子的后窗上安了个可以从屋内打开的防护栏，一旦发生这样的事件，他们可以通过防护栏出去。

歹徒们连续不断的报复行为，使父母对阿布列林的安全非常挂心，他们常常提醒阿布列林："晚上外出时一定要注意安全。如果加班太晚，就在办公室休息。"有几次阿布列林去父母家看望，不到晚上8点（由于哈密与内地有将近两个小时的时差，相当于内地的6点多）他们就催促阿布列林赶快回去。

对于歹徒扔黑砖、砸玻璃、烧房子的行为，阿布列林除加强防范以外，并没有因此而胆怯，更没有因此而退缩。相反，他严格执法的态度越来越坚决。他说："不法之徒的疯狂行为，从反面证明了公平公正执法的重要性，正说明法律在打击邪恶和犯罪中发挥了重要作用。假如在不法分子的疯狂威胁面前我害怕了，那么正好达到了他们的目的。因此，我必须以严格执法的实际行动对他们的不法行为进行坚决回击，打击他们的嚣张气焰，捍卫国家法律的权威。"

为了让阿布列林就范，有些歹徒更是从身体上、精神上变着法对阿布列林和其家人进行疯狂的报复。

1992年，作为主管刑事案件的副检察长的阿布列林办理的刑事案件更多，涉及的范围更广，牵涉的被告人更多了。这一年他收到了内容相近的三封恐吓信，第一封和第二封内容相同，写的是："阿布列林，小心你的脑袋。"第三封写的是："阿布列林，小心你的脑袋，我们跟你算不了账，胡达（维吾尔语，意为老天爷）给你算账。"

歹徒们不仅寄恐吓信，还趁阿布列林外出调查案件时恐吓他的家人。一天凌晨3点左右，夜深人静，突然有人敲窗户，妻子一听马上机智地大声说："阿布列林，有人敲窗户，赶快起来！"敲窗户的人一听阿布列林在家，立刻跑掉了。像这样在半夜用敲窗户进行恐吓的事情发生过好几次。

面对气焰嚣张的不法分子，面对各种各样妄图置他于死地的威胁，安全防范再严密也不会没有漏洞可钻，不定哪一天歹徒们就有可能得手。对此，阿布列林一边悉心防备，一边坦然而平静地做好了牺牲的准备。他不止一次对妻子说："我执行的是国家的法律，代表的是党和人民的利益，即使献出生命也在所不惜。为正义而斗争，维护国家的利益，保护人民群众的生命财产安全，是我的职责。不管歹徒采取什么手段，都动摇不了我严格执法、公正执法的立场和决心。如果我牺牲了，党和人民不会忘记我。"

中　篇　第一章　铁案是这样办成的

在暗处扔黑砖，趁无人时砸玻璃、摔盘子，写恐吓信，半夜敲窗户，起码说明歹徒有心虚的一面；而1996年5月底发生在阿布列林家的一幕，则是一场你死我活的面对面较量。

1996年5月一个星期天下午6时左右，刚刚搬到在老宅地基上新建的房子里，阿布列林在院子里忙着平整地面，妻子在悉心准备晚饭，上学前班的女儿在做作业。忽然外面传来吼叫声："阿布列林你给我出来，你说我犯流氓罪，情节恶劣，社会影响严重，从重处罚，判了8年，我现在回来了，我今天就是来找你算账的！"阿布列林放下铁锨往外一看，只见他8年前审查起诉的一名罪犯，手持明亮锋利的斧头，满脸杀气地号叫着杀上门来。

见此阵势，阿布列林也很紧张，心想：今天非出大事不可。他心里紧张，但并不惧怕，更没有慌乱。他先把女儿锁进一个小房间里，然后找出单位配发的六四式手枪，把子弹推上膛，到大门口迎击歹徒。

妻子一看阿布列林拿枪，感到情况不妙，立即做出了一个果断而睿智的决定：跃身翻过院子的西墙，沿着农田一路奔跑，去市检察院搬救兵（检察院离阿布列林新建的房子有两公里远，当时家里没有配电话，更没有手机）。

这一边，大门口疯狂的歹徒挥舞着明亮的斧头在地上、墙上乱砍乱砸。阿布列林手持六四式手枪警告歹徒："你敢进来，我就开枪。"歹徒在监狱可能学过一点法律知识，只是一个劲儿地想用激将法让阿布列林出去，就是不往院子里迈步（因为，一旦迈进院子，就是私闯民宅，阿布列林开枪就属正当防卫）。就在双方紧张对峙的时候，急促轰鸣的警笛声由远而近，检察院的警车尚未赶到，歹徒已落荒而逃。

事发当天，检察院向公安局报了案。当晚12点，歹徒玉素甫被抓获。与此同时，检察院安排警力来保护阿布列林的家人。半年后，还给阿布列林家装上了固定电话，以备不时之需。

阿布列林把每一个案件办成铁案的决心，就像焦裕禄带领兰考人民治理"三害"一样。焦裕禄忍受着常人难以忍受的肝病的折磨，带领群众查风口、治内涝、锁沙丘，不改变兰考的贫穷面貌死不瞑目，甚至临死前还对前来看望他的同志说："活着我没有治好沙丘，死了也要看着你们把沙丘治好！"阿布列林也具有同样的精神，不管是有人送钱送物，还是有人扔黑砖、砸玻璃、写恐吓信、半夜敲窗户来恐吓、威胁，甚至用寒光闪闪的斧头进行威逼，他都不会改变依法办案、公正办案的坚定意志。他说："我是人民的检察官和法官，更是一名共产党员。把每一起案件都办成铁案，是我义不容辞的责任。"

第八节　案前一分不占　案后一尘不染

"不用法律做一分钱的交易，不以断案捞一丝好处"，既是阿布列林做人的准则，也是他公正办案的底气。俗话说，吃人家的嘴软，拿人家的手短。一旦拿了别人的好处，法律的天平就会倾斜，公正办案就会成为一句空谈。

1991年，哈密市五堡乡七角井西北草原上发生了一起重大盗窃案，共有五名犯罪嫌疑人，艾买提·阿卜杜是犯罪嫌疑人之一。案件移送到哈密市检察院后，艾买提有悔过表现：一是投案自首；二是主动检举揭发其他犯罪嫌疑人，其揭发的内容全部符合事实，供出了遥控指挥的主犯，对案件审理提供了很大帮助，有重大立功表现。另外，他不满18周岁。鉴于上述情况，法院减轻了对他的处罚，判处艾买提有期徒刑1年。

刑满释放后，艾买提告诉父母："阿布列林检察官办案公正，既保护被害人的合法权益，也保护被告人的合法权益。他认真办案，以法律为根据，我才被从轻、减轻处罚。你们要去看望他一下，表示感谢。"

阿布列林——焦裕禄精神的当代传人

1992年9月的一天，阿布列林正在办理案件时，只见一对老年夫妻抬着满满两大筐葡萄和红枣，来检察院感谢阿布列林。阿布列林问明来意，亲切而坚定地告诉他们："公正办案是我的职责，你们送的礼物我一点也不能要。"老两口见阿布列林如此坚决，只得很不情愿地离开了。让阿布列林想不到的是，当他下班快回到家的时候，发现老两口早已在离他家不远的路边等他。他们的真情实意让阿布列林很是感动。阿布列林耐心地对他们说："你们的心意我领了，但一个红枣、一颗葡萄我也不能拿。"

五年后的1997年5月，阿布列林被组织派往哈密市重点整治乡——五堡乡担任专项整治工作队副队长。从乡里的广播上得知阿布列林来到了五堡乡工作，艾买提的父母想：送东西，阿布列林检察官肯定还是不会要；请他到家吃顿饭，他总不会拒绝吧。于是，他们准备宰一只六个月大的羊羔（当地俗称宰羊娃子，是维吾尔族群众招待客人的最高礼遇）招待阿布列林。待一切都准备妥当，老两口赶着他们崭新的毛驴车，车上铺着地毯、新褥子，赶到阿布列林的住处。五年了，老两口仍然感念那次公正的执法，这让阿布列林非常感动。感动归感动，但不能坏了自己给自己定的规矩。他仍然耐心委婉地谢绝了老两口的好意。看到老两口如此真诚邀请，连专项整治工作队队长都在一旁帮老两口说话了："你去吧，别辜负了两位老人的一片盛情。"但阿布列林仍然没有答应。

几天后，五堡乡一个村的村支书邀请阿布列林到自己家吃饭。村支书是阿布列林的好朋友，也是老两口的女婿。这位村支书说："不去他们家，去我家行不行？"阿布列林说："不行。你们的心意已经充分表达了，我感谢你们！"见阿布列林如此坚决的态度，老两口和村支书说他们这算真正见识了什么是公正办案的检察官，什么是清正廉洁的共产党员。他们一致称赞阿布列林："案前一分不占，案后一尘不染。"

其实，依法办案、公正办案，就是让被害人和被告人在法律面前一律平等。1991年，检察院在办理一起盗窃案时，由于公安办案人员疏忽，在追缴赃款赃物时，让被告人多赔偿给被害人475元钱。当时，作为检察院副科长的阿布列林一个月的工资还不到100元，所以，这475元可算得上一笔不小的金额。阿布列林发现这一问题后，立即给被害人做工作，让他把被告人多赔的钱退了回来。被告人的父亲接过钱，当场感动得泪流满面，他感慨地说："我怎么也没想到能从对方手中追回这475元钱。"

第九节　敢啃硬骨头　宣战执行难

　　在司法系统，有这样一种现象，就是有些案件尽管宣判了，但由于主观和客观的原因执行不了，引起原告的极大不满，人们称这种现象为"执行难"或"法律白条"。

　　造成执行难的外部原因是，社会上的一些单位对法院生效的判决配合不力，因此，执行难一直是法院工作的难点和重点。

　　阿布列林到哈密市法院当院长时，院里的案件执行率不到60%，严重影响到法院的形象，影响到人民群众对司法机关的信赖程度。为推动法院的执行工作，阿布列林深入执行庭，白天同执行干警分析案情，帮助出主意、想办法，研究执行方案；夜晚，他和执行人员一同去找案件当事人，督促他们尽快执行法院的判决。对于影响大、涉及面广的案件，他亲自做被执行人的工作。

　　哈密市南湖乡某副乡长拖欠别人的建房材料款5万元已一年有余。在执行此案时，这名副乡长妄自尊大、态度蛮横，他目空一切地对前来执行的人员说："你是哪一级干部，来执行我？我是副乡长！"妄图以势抗法，以权压法。

中　篇　第一章　铁案是这样办成的

阿布列林听完执行人员的汇报，感到此人目无国法、态度嚣张，随即向哈密市委组织部反映，通过组织部通知他到法院来。他只好如期来到法院，见到阿布列林院长，他的态度软了许多。阿布列林严肃地对他说："你官不大，架子不小。你为什么不还人家的建房材料款？如果你在一个礼拜内还不上欠款，按照法律，我就拘留你。"在阿布列林义正词严的训斥下，这名副乡长承认了错误，第二天就还给原告1.5万元，一个礼拜内将5万元欠款分三次全部还清。

在案件执行中，不少被执行人为了逃避债务，要么躲得远远的，要么采取各种措施，避开执行人员的追讨，平时要找到他们是很不容易的，但春节是个例外（在新疆，春节、中秋节等节日，维吾尔族群众和汉族群众一样放假）。在中华民族这个最为盛大的节日，与家人团聚几乎是每个人的自觉行为，无论人在哪里，都要回到家中；无论离家多么遥远，都要跨越千山万水与家人团聚，即便是这些老赖也概莫能外。

1999年，还没到春节，阿布列林就把要执行的老赖一个个列上名单，标上地址，排上顺序。大年初一，他和同事们顾不上与家人团聚，更无暇欣赏近处五彩斑斓的烟花和聆听远方清脆响亮的鞭炮声，阿布列林一早就坐在办公室，用手机指挥各路执行人员，采取上门堵、进门谈、没有结果不算完、必要时不惜采取强制措施等手段，加大执行力度，仅用7天就执结案件20多起，标的达40多万元。

这些难以执行的案件，只要采取力度大、有针对性的措施还是能执行的。而有些案件由于一些不可抗拒的因素无法执行。但不执行对原告的伤害极大。对此，阿布列林也会站在原告的角度充分考虑他们的难处，想办法给予解决。

在阿布列林到哈密市法院当院长快一个星期时，他接待了一位甘肃籍民工和一位河南籍民工，两位民工与哈密啤酒厂签下合同，由他们帮酒厂回收酒瓶，回收一个酒瓶，啤酒厂给他们2分钱。经过几年到居民小区、宾馆餐厅一个酒瓶一个酒瓶捡拾，甘肃籍民工向啤酒厂送了价值16万多元的酒瓶，河南籍民工向啤酒厂送了价值11万多元的酒瓶。按照合同，这些钱啤酒厂要支付给这两位民工，然而当时啤酒厂经营不善，连职工的工资都难以支付，更无力支付这两位民工的酒瓶钱了。

于是，两位民工一纸诉状将啤酒厂告上法庭。法庭判民工胜诉，然而啤酒厂没钱，执行不了。不久，啤酒厂就倒闭了。

面对堆积如山的酒瓶和为此付出的数年的辛劳，想想回收酒瓶支付的费用连本钱也收不回来了，他们二人真是欲哭无泪，痛不欲生。

从法律角度讲，偿还主体已不存在，以合同为依据依法执行已不可能。此案已与法院毫无关系，两位民工对此也没有任何理由和法律依据继续追究此案。从法官的角度讲，阿布列林的任务已经完成。但尽力解决百姓的困难，是一名共产党员应尽的本分，更是体现共产党员为人民服务的宗旨。如果不把价值27万多元的酒瓶销出去，对于两位民工来说无论是经济上还是精神上都是一次沉重的打击，因而阿布列林决定尽力帮这两位民工渡过难关。

他考虑，鉴于价值27万多元的酒瓶仍在两位民工的手里，只要把酒瓶销出去，就可以解决两位民工的难题。阿布列林就此专门请示哈密市委主抓工业的领导，寻求解决问题的线索和办法。在这位领导的撮合下，阿布列林经过多方联系，帮助两位民工联系上了600多公里之外处于正常生产状态的酒泉啤酒厂。酒泉啤酒厂以合适的价格与两位民工达成协议，买下了他们价值27万多元的酒瓶。两位民工数年的艰辛劳动得到回报，重新鼓起了生活的勇气。

第十节　法律面前各民族一律平等

法院掌握着审判大权,审判权的行使直接影响到社会稳定。

在哈密这个多民族地区,牵涉到两个民族以上当事人的案件较多,在行使审判权的过程中如果做不到公平公正,势必影响民族团结,进而影响社会稳定。因而,凡是牵涉多民族的案件,阿布列林在办案时始终坚持在法律面前各民族一律平等的原则,决不允许法律的天平出现倾斜。只有通过公平公正执法,不同民族的当事人才能充分感受到法律的公平正义。

2002年11月,阿布列林调任哈密地区中级人民法院副县级审判员,在刑庭工作。

刑事案件,备受社会公众关注,审判过程稍有差池,就会引发强烈的社会反响。审判员的双手托举着法律的天平,生死之间就看审判员能否做到公平公正,能否量刑裁定。但总有人为了保住被告人的性命,千方百计找人说情,希望网开一面。审判员也往往因此要承受巨大的心理压力。

2005年,阿布列林审理了一起杀人案件。

中　篇　第一章　铁案是这样办成的

2005年2月的一个晚上,在哈密市青年路的一家煤场,被告人司马义·库尔班来到煤场小便,正在值班的河南籍外来务工人员陈某见状制止,两人发生口角。被告人司马义·库尔班拿出刀子,向陈某连捅9刀,致陈某当场死亡。

哈密地区检察院以故意杀人罪向哈密地区中级人民法院提起公诉。

当知道负责审判这个案件的审判员是阿布列林时,被告人的亲朋好友既高兴又害怕。高兴的是,他们和阿布列林都很熟;害怕的是,阿布列林素来铁面无私。

被告人的大姨与阿布列林很熟悉,她找到阿布列林恳求道:"汉族民工肯定也有错,我们都是维吾尔族人,尽量保住司马义·库尔班的命,我们都感谢你。"阿布列林坚定地回答她:"不管是汉族,还是维吾尔族,在法律面前人人平等。司马义·库尔班是累犯,对被害人连捅9刀,致其当场死亡,犯罪情节特别严重。按照法律规定,被告人理应被判处死刑,我帮不了你们的忙。"经过合议庭合议,判处被告人死刑,剥夺政治权利终身。审判委员会讨论决定,同意合议庭意见。宣判后,被告人向自治区高院上诉,自治区高院审理后,驳回上诉,维持原判。被告人被执行死刑,法律的尊严得到维护。

第十一节　坚决遏制非法宗教
严厉打击分裂势力

哈密市有一个乡叫五堡乡，该乡距离哈密市78公里，地处偏远；绝大多数是维吾尔族人，其次是汉族和回族人，社会关系复杂；村落之间相距较远，1997年，连接村与村之间的道路都是坑洼不平的土路，交通十分不便；一年降水量只有十几毫米，气候干燥异常。

五堡乡是个小盆地，太阳照射的时间长，夏天天气异常炎热，通常都在40摄氏度以上；早晚温差大，出产的大枣、葡萄和哈密瓜特别甜；五堡乡的四周是戈壁滩，牛羊是吃着戈壁滩上富含碱的草长大的，所以这里出产的牛羊肉吃起来特别香，没有一点膻腥味，深受人们喜爱。

五堡乡严重缺水。每年，天山上的雪水和泉水，通过喀尔里克渠流经三堡、四堡、五堡，一直流到五堡水库。但由于当时水利设施极不完善，当山洪暴发时，常常冲毁房屋和良田；而平时水量很小，尤其到夏天，五堡基本就不下雨，喀尔里克渠几近干涸。

由于异常干旱，五堡乡能打出水的地方很少。在哈密

中　篇　第一章　铁案是这样办成的

城区几乎每家都有水井,而在五堡乡则往往是几家人合用一口水井,有些人口少的村,一个村甚至共用一口水井。五堡乡的人就是依靠这有限的井水来解决村民们的生产和生活用水问题的,所以当地人视水如命,甚至认为水就是他们的"血"。

这里是哈密地区最富民族特色的地方,无论是房屋的样式,还是室内的装修,不管是被子、褥子等床上用品,还是男女老少的服饰,大都使用当地的刺绣,民族特色非常鲜明。这里还完整地保留着一座民族风格浓郁、建筑历史达300多年的老房子,和一些树龄300多年的红枣树。

这里不少人法制观念淡薄,他们认为,偷国家的财产不是犯罪,偷私人的财产才是犯罪;他们无视国家法律,胆大妄为,如果邻里之间发生民事纠纷,整个家族都要出来格斗。

这里的人们宗教意识比较浓,清真寺多、出国朝觐的人多。个别不法分子与国内外分裂势力联系密切,容易滋生极端宗教思想,因此,这里是哈密市维护社会稳定、反对民族分裂和非法宗教活动的重点整治地区。

1996年,中共中央七号文件指出:新疆的主要危险来自民族分裂主义和非法宗教活动。

1997年3月,中央政法委批复了《关于在新疆重点地区开展集中整顿治安,严厉打击暴力犯罪工作的意见》。哈密市组织了专项整治工作队。当年5月,阿布列林作为五堡乡专项整治工作队副队长兼办公室主任来到五堡乡。

当时五堡乡还没有通上自来水,生活用水都是从井里提水。由于水少,洗衣服都很困难。当地也不生产蔬菜,更没有菜市场,基本上吃不上蔬菜。但阿布列林不顾天气酷热,克服缺水少菜和交通不便的困难,跑遍了五堡乡的村村落落,进行了半个月的调研,掌握了五堡乡的基本情况,并于5月17日给专程到五堡乡指导专项整治工作的时任哈密地委书记黄昌元进行了汇报:

五堡乡是法制观念淡薄、宗教意识浓厚的偏远乡村。经查明,五堡乡有44座清真寺,46个依玛目;从1984年到1997年,五堡乡朝觐人员共82人87人次,劳动改造人员达90人。另外有戴面纱的妇女10名、塔里甫(伊斯兰教宗教人士的学徒)31名。五堡乡二村非法修建寺院,还有一些没有暴露的非法讲经点,所以在五堡乡进行专项整治非常必要。

黄昌元对阿布列林给五堡乡做出的结论非常赞同,对工作队的工作给予了充分肯定,对今后的工作提出了要求,进行了部署。

根据黄昌元的指示,结合五堡乡的实际,阿布列林依据地、市专项整治实施方案精神，主持起草了《五堡乡整治工作实施方案》。他采取分类治理的方法，对五堡乡的问题逐一加以解决。

他亲自撰写了学习新《刑法》宣讲稿，深入各村及学校，宣讲《刑法》11场次，使2000多人受到教育；为增强年轻学生抵御非法宗教的能力，他组织在校学生进行"三法一规"知识竞赛和法制教育；为杜绝中小学生一度出现的学经现象，阿布列林协助学区研究起草了禁止中小学生在暑假期间学经的六项规定，并通过狠抓落实，收到了良好的社会效果。

他还根据不同对象，采取分层次、集中学习的方法，深入开展法制宣传，使基层干部和群众深刻认识到非法宗教和民族分裂主义的危害。

为规范朝觐活动，阿布列林对1984年以来参加朝觐的82人的基本情况、政治表现及办理护照情况进行了全面调查核实，并登记造册，写出了《关于五堡乡朝觐人员的情况》的调查报告，对今后的朝觐工作提出了具体的整改意见。

对于10名妇女戴面纱的问题，阿布列林敏锐地认识到，戴面纱不是维吾尔族妇女的传统，而是中东地区一些国家妇女的习惯。戴面纱是一个标志，说明她们的思想开始倾向于非法宗教。非法宗教的本质就是搞民族分裂。对此，阿布列林先后组织召开 31 名塔里甫和 10 名戴面纱妇女参加的会议，讲解相关的法律法规，从法律层面让他们认清正常的宗教活动和非法宗教活动的界限、宗教问题与民族问题的界限、民族风俗习惯与宗教活动的界限。

在充分宣传的基础上，阿布列林向市妇联领导汇报戴面纱妇女的情况，得到了她们的支持，市妇联组织各村的妇联主任和女党员，对戴面纱的妇女一对一摘掉面纱。当天 10 名妇女全部摘掉面纱。但第二天，三村的一个妇女仍继续戴面纱。阿布列林亲自找她谈话，了解情况。她说，戴面纱不是她的主意，她的丈夫是塔里甫，宗教思想比较严重，还吸食大麻，他不同意摘掉面纱。如果把他的思想工作做通了，她就摘掉面纱。

阿布列林通过派出所将其丈夫叫到办公室谈话："据了解，你吸食大麻，还阻止爱人摘面纱，这都是违法犯罪的表现，我们将依法处理你。"他害怕了，马上表示："不要处理我，我有两个孩子。回去后，给老婆摘掉面纱，我也不再吸麻烟了。"

对于违法修建寺院这件事，在充分调查的基础上，阿布列林写出了《关于五堡乡二村违法修建寺院的调查报告》，提出了具体的整改意见，及时制止了清真寺的非法修建活动。

在7个月的专项整治工作中,阿布列林白天到各村调查研究,搜集了大量第一手资料,到机关、学校、田间、地头宣传《刑法》,进行法制教育;晚上加班加点撰写教育材料和专题报告,经常加班到午夜,共撰写了数万字的工作日志,起草了数个整治方案。

作为专项整治办公室主任,阿布列林带领办公室工作人员,每星期出一期工作简报,对工作进行梳理;每月给哈密市专项整治办公室上报一次工作总结,让上级掌握专项整治工作的进展。

一系列有针对性的学习教育和整治活动,使该乡各级干部和广大群众的法治意识得到增强,社会治安得到好转,非法宗教活动受到遏制,分裂势力受到打击,民族团结得到维护。阿布列林任专项整治办公室主任的7个月中,五堡乡没有发生一起刑事案件。由此,阿布列林被新疆维吾尔自治区专项整治领导小组评为"自治区专项整治优秀工作队员",并荣立三等功。

自1997年专项整治后,五堡乡始终是哈密地区各级政府关注的重点:哈密市政府年年都派工作组到五堡乡,狠抓社会稳定和经济发展,经过20年的不懈努力,五堡乡各方面都发生了翻天覆地的变化。

经过大力开展水利建设，引来了新的水源，蓄住了天山下来的洪水，从根本上解决了五堡乡严重缺水的历史难题，保证了村民们正常的生产和生活用水，村民们再也没有因为争水而发生械斗事件，促进了经济发展；从五堡乡政府所在地到各村都铺上了柏油路，交通条件得到根本改善。现在的五堡乡几乎家家都有汽车，电话、手机普及率高达99%，宽敞的柏油路四通八达，崭新的楼房鳞次栉比。

依据当地丰富的、具有民族特色的资源，五堡乡大力发展旅游业，葡萄园、红枣园、魔鬼城、雅丹地貌也随着旅游者的口碑，成为享誉国内外的旅游名片。

民族风俗和习惯受到充分尊重，好几家刺绣企业生产出的美轮美奂、富有民族特色的产品，不仅满足了当地人对民族服饰的需求，还畅销国内外。

双语教育蓬勃发展，村村都有双语幼儿园；目前有300多名五堡乡各族青年学子在新疆或内地的名牌大学深造；人们的思想意识得到根本性转变，非法宗教活动受到遏制，社会治安得到根本好转。2011年2月18日，五堡乡撤乡设镇。

20年来，在中国特色社会主义思想指引下，五堡镇各族群众对祖国的认同、对中华民族的认同、对中华文化的认同、对中国特色社会主义道路的认同、对中国共产党领导的认同得到极大增强，一个民族团结、生活富裕、社会稳定、长治久安的新五堡镇展现在世人面前。

第十二节　分裂国家罪不容赦从重从快给予严惩

新疆自古以来就是我们伟大祖国不可分割的一部分。但是，长期以来，在新疆，分裂和反分裂的斗争依然存在，国外的分裂势力和国内的分裂势力勾结在一起，进行暗杀、爆炸和其他一系列恐怖活动，严重危害了国家安全和各族人民的生命财产安全。如果不严厉打击，就难以保障国家安全和改革开放带给各族人民的幸福生活。

受极端宗教思想的蛊惑，2007年伊吾县吐葫芦乡白吉尔村村民木沙·买买提滋生了分裂国家的思想，并异想天开地设计制作了"国旗""国徽"，创作了"国歌"。在分裂国家思想的支配下，木沙·买买提于2008年冬天在家里设置非法讲经点，对未成年人进行非法讲经，腐蚀未成年人的心灵，影响恶劣。他还向村民们宣扬他的分裂思想："双语教育的目的是淡化母语，维吾尔文字在各个领域被慢慢挤出，作为一个民族是倒退。"

除了在意识形态领域蛊惑未成年人外，木沙·买买提开始了实施分裂国家的罪恶行动。2008年6月22日，他把自己设计制作的"伊斯兰国的第一面国旗"插在吐葫芦乡白吉尔村村委会后面的山峰上。2008年7月28日，当他发现自己插在山峰上的所谓"第一面国旗"被拔掉，他立即携带预先准备好的"第二面国旗"再次插在这个山峰上，并在旗杆上写下"独立万岁、自由万岁"的字样。他扬言："你们拔掉我的旗，我就炸掉你们的旗。"他携带炸药、打火机、菜刀等物品，妄图炸毁伊吾县人民政府院内的国旗，气焰十分嚣张。他走到白吉尔村时，被公安人员抓获。

公诉机关认为：被告人木沙·买买提的行为已触犯《中华人民共和国刑法》第一百零三条第一款之规定，已构成分裂国家罪，应依法追究其刑事责任。

作为一名政法战线的老兵，阿布列林对审理此案高度重视。他说："我们同木沙·买买提分裂国家罪的斗争是你死我活的斗争，作为政法干部，在政治上、思想上、行动上要与党中央保持高度一致。分裂和反分裂的斗争是长期的、复杂的和尖锐的，必须保持清醒的头脑，与分裂势力做坚决的斗争，以实际行动维护民族团结，维护祖国统一。"

2009年1月，连续下了两天雪，东天山被皑皑的大雪所覆盖，路上的积雪达30多厘米深，厚厚的积雪被零下30多摄氏度的严寒冻成了冰疙瘩，在阳光的照射下，发出刺眼的强光（哈密独特的自然环境形成独有的气候条件，这里的天气说变就变。头天还是蓝天白云，第二天就有可能狂风四起，第三天就会下起鹅毛大雪，第四天则又可能是蓝天白云。天气的巨大变化之间几乎没有过渡的时间）。在这种条件下驾车行驶，很容易发生交通事故。哈密通往伊吾的公路被封闭，从哈密开往伊吾的汽车在路口排成了长龙。

审判分裂国家案程序较多。为从重从快处理木沙·买买提分裂国家一案，阿布列林不顾严重的腰疼，带领有关干警来到通往伊吾的公路，经过向交警说明情况，得到了交警的大力支持，阿布列林和随车干警乘坐的警车得以上路。他们冒着随时都有可能翻车的风险，以每小时十几到二十几公里的速度驱车缓慢翻越天山，176公里的路程，他们整整行驶了6个小时才到达伊吾县城。

到伊吾县城后，阿布列林立即到当地看守所全面了解木沙·买买提的犯罪事实及认罪态度，了解社会各界对此案的反应；他紧锣密鼓地与当地法院和公安机关沟通协商开庭时间，以及开庭前的所有准备工作。

经过两天高效务实的准备，回哈密后，阿布列林立即向法院领导做了汇报。他连夜加班，用汉文和维吾尔文两种文字整理了所有材料，提交自治区高级法院，并撰写了开庭前的审理报告。在阿布列林的积极筹备下，这个案件只用了不到两个半月的时间就审理完毕。

开庭时，被告人对起诉书指控的犯罪事实不持异议，但拒不承认自己的行为构成分裂国家罪。按照法律，被告人应被判处 10 年以上有期徒刑。但鉴于被告人认罪态度不好，依法从重判处其有期徒刑 12 年。判决后，被告人不服，上诉至自治区高级法院。高级法院审理后认为，哈密地区中级人民法院认定事实清楚，证据确凿，定性准确，量刑适当；被告人至今为止不认罪，态度恶劣，驳回其上诉，维持原判。

第二章　政法工作是神圣的

第一节　拄着拐杖上班　打着吊针办公

无论是在农场当知青，还是到农机厂当工人，在阿布列林的心目中，工作都是第一位的。到检察院和法院后，阿布列林从事的工作，社会关注度高，责任重大，更是来不得半点马虎，出不得任何瑕疵。从助理检察员、检察员、检察委员会委员、副科长、党组成员、副检察长、检察院党组书记到法院院长，阿布列林的职位不断攀升，权力越来越大，随之责任越来越大，工作也越来越繁忙，但工作再忙都不能有半点马虎。

多年来不管是身体疲惫、劳累过度，还是内病外伤，都不影响阿布列林全身心办案。一旦投入工作，他就把所有的病痛都忘得一干二净，就像一个充满激情的运动员奋战在竞争激烈的赛场，也验证了焦裕禄所说的那句话："病是个欺软怕硬的东西。你压住它，它就不欺侮你了。"

由于案件多，阿布列林经常加班加点讨论案件，往往是白天讨论不完，晚上继续讨论，甚至星期天的时间也要占用。阿布列林有吸烟的嗜好，且工作越忙抽烟越多，最多时一天能抽两包。高密度、长时间的烟丝炙烤，致使他嗓子严重发炎，几乎说不出话来。在同志们一再催促下，阿布列林才来到医院，检查后医生要求他住院治疗。在病房，他一边打吊针，一边在病床上审查检察院的法律文书，审签完一个案件再审签另一个案件。三天后，阿布列林的病情刚刚有所好转，他便不顾医生的劝告，偷偷跑回单位投入到紧张的工作中。

偷偷跑回单位，不是阿布列林故意和医生过不去，更不是为了出风头，而是工作需要。根据保密规定，在病床上审查法律文书之类的文字材料可以，而讨论案件、审查案件属于绝密级集体行为，医院是公共场所，不具备讨论和审查案件的条件。而当时已是主管刑检工作的副检察长的阿布列林，每天都要讨论和审查案件，最多时，一天要讨论十几个案件。阿布列林不顾医生劝告跑回单位，是工作在他心中始终是第一位的要求使然。

像这样带病坚持工作的情况，对于阿布列林来说很平

中　篇　第二章　政法工作是神圣的

常，他早已习惯了轻伤不下火线，有时出现一些意外伤害，他都会咬牙坚持。1994年6月12日，刚刚下过雨，路面湿滑，阿布列林骑着自行车去回城乡调查案件。由于刹车太急，加上路滑，阿布列林身体失去平衡，从自行车上摔了下来，扭伤了右脚。当时，阿布列林的右脚已像发面一样肿了起来，皮鞋穿不上去，只得穿着一双宽大的布鞋。医生要他住院，但他坚决不肯。他一边工作，一边治疗，10多天后才基本康复。

1998年秋天，法院审判楼的建设即将竣工，阿布列林带人到新疆维吾尔自治区高级人民法院汇报工程进展情况并考察办公用品，为全院干警即将搬入审判楼做准备。由于驾驶员从未去过乌鲁木齐，对路况不熟悉，加之行车速度较快，造成追尾，撞上了前方行驶的一辆桑塔纳轿车。巨大的冲撞震碎了车窗玻璃，坐在车里的人也被冲撞带来的巨大惯性掀起来，肢体受到碰撞和挤压，阿布列林的小腿跟腱发生爆炸性断裂，被拉到较近的乌鲁木齐建工医院抢救。为保住他的小腿，医生决定手术。骨科主任亲自主刀，阿布列林的小腿被切开一个21厘米长的口子，手术做了三个半小时才结束。

伤筋动骨一百天，更不用说动这么大的手术了，医生让他住院治疗。他惦记着法院的工作，只在医院治疗了19

天，就回到哈密。本想在家中休息治疗一段时间，但法院的大小事情都要院长审批签字，一拨人刚走，一拨人又来，尤其是一些要求执结的案件当事人来到家里，给不出执结的时间就不走，家里成了办公室。既然在家也是办公，还不如到单位办公。

阿布列林拄着拐杖上班了，繁忙时中午也不回去，让爱人到街上买点吃的送到办公室，继续工作。法院案多人少的矛盾十分突出，临近年底，法院的案件结案率、案件执行率均没达到预定目标，阿布列林心急如焚。在充分掌握各种情况的基础上，阿布列林对各庭的解决办法和执结情况进行了具体的分析研究，拿出了切合实际的解决方案。他拄着拐杖召开全院大会，要求全院干警争取在年底前完成各项预定目标。

看到院长一瘸一拐亲自督阵，听着他有理有据的分析研判，尤其是他给出的有针对性的解决办法和执结策略，全院干警士气大振、信心倍增。1998年年底，哈密市人民法院的各项目标任务得以圆满完成，并涌现出32名办案超百件的办案能手。

第二节　事业为重　家庭次之

作为一名检察官和法官，阿布列林是一个讲责任、敢担当、为民伸张正义的天使；作为一名家庭成员，阿布列林疼爱独生女儿，深爱相濡以沫的妻子，孝敬操劳一生的父母和岳父母，是一位讲情义、有爱心的男子汉。事业和家庭在阿布列林心中的分量都是沉甸甸的。但在事业和家庭无法兼顾的情况下，阿布列林总是毫不犹豫地以事业为重。

1989年10月，阿布列林在审查公安局提请逮捕的意见书时，发现其中有一起强奸案疑点很多。第二天，他到位于天山乡的案发现场进行了实地查看。第三天上午处理公务，中午赶写阅件笔录。当时只有半岁的女儿发高烧，几乎处于昏迷状态。妻子抱着孩子心急火燎地来到检察院，碰到干警伊沙克。她一脸怨气地说："家，家不管；孩子，孩子不管。检察院的工作都是阿布列林在干吗？"伊沙克告诉她，检察长们正在刑检科讨论阿布列林办理的案件。讨论完案件，检察长张土玉命令阿布列林立刻带孩子到医院看病。医生给孩子量体温，39.9摄氏度。要输液时，由于孩子太小胳膊上不好找血管，只能在头上扎针。连续输液几个小时，未见好转，医生拿来冰块协助退烧，可是，直到晚上女儿的高烧也没有退下去。阿布列林和妻子都很紧张，他和妻子轮流照看孩子。直到第二天，孩子的体温才降到38摄氏度，第三天终于恢复正常。

1999年10月，阿布列林已经70多岁的父亲阿不列孜·霍加身患重病，阿布列林带他到新疆医学院检查治疗，医生诊断为食道癌。食道癌意味着什么，会给病人带来什么样的痛苦，阿布列林非常清楚。面对不久于人世的父亲，阿布列林的心情异常沉重，他很想留下来照料父亲，尽一点做儿子的责任，但法院繁重的工作让他放心不下。思来想去，他还是决定回哈密工作。把父亲安排住院后，阿布列林把照料父亲的任务交给了离新疆医学院将近15公里、在新疆大学工作的妹妹。

食道癌患者饮食困难，只能吃流食，妹妹每天坚持给父亲送肉汤，悉心照料。就这样，父亲在新疆医学院治疗了一段时间。考虑到妹妹的辛苦不易，也为了能亲自照料父亲，阿布列林把父亲接回哈密，安排到哈密市医院继续治疗。为做到既不影响工作，又能照顾父亲，阿布列林就白天加班加点工作，晚上挤出时间照顾父亲。他既承担起了法院繁重的工作，也没有间断到医院照料父亲。

中　篇　第二章　政法工作是神圣的

父亲回哈密后，由于年龄大、身体弱、抵抗力差，根据大夫的建议，都是在医院治疗几个月，回家调养一段时间，再到医院治疗几个月，再回家调养一段时间，这样反反复复一年多，在阿布列林及兄妹的精心照料下，父亲走完了他悬壶济世、乐善好施的一生。

人到中年，事业和家庭都要兼顾，是人生最繁忙的时期。阿布列林以事业为重，但他也尽最大努力尽着一个儿子、父亲和丈夫对家庭应尽的责任。而且，阿布列林之所以能够忘我地投入到工作之中，也和父母、妻子的大力支持分不开。

1997年4月，阿布列林的母亲因胆结石在哈密市医院做手术。手术后的第二天，市委从检察院和其他单位抽调人员组成专项整治工作队，任命阿布列林为工作队副队长，到当时治安形势不太好的五堡乡进行专项整治。

五堡乡离哈密市78公里。当时母亲手术后才两天，需要人照料，如果向组织说明情况，阿布列林极有可能被留下来。听说阿布列林为此事有些犹豫时，病床上的母亲坚定地对阿布列林说："你是国家干部，要服从组织决定，你就去吧，有你弟弟妹妹照顾我就可以了。"母亲的支持，对阿布列林是个鼓舞，促使他全身心投入到专项整治工作中。在他和同事们的努力下，五堡乡的治安形势发生了很大变化。而工作之余的阿布列林也时常挂记着母亲。根据规定，专项整治工作队队长和副队长一个月有两天假期，阿布列林就利用这难得的时间回到哈密，在母亲的床前侍候。两个月后，母亲康复出院。

第三节　言传身教　提携后进

自阿布列林到检察院工作以后，案多人少一直是哈密市检察院面临的一个问题，需要补充新鲜血液加以解决。

1987年至1989年，连续三年有10名法律专业的大中专毕业生先后分配到哈密市检察院。他们具有专业知识，工作热情高，但缺少实践经验，急需在办案中锤炼提升。

阿布列林当时已是检察院公认的办案能手，在社会上有一定的知名度和影响力。在新进的大学生中，不少人对他是仰慕已久，很想得到他的指点，尽快成长。

而在阿布列林看来，一个人的能力是有限的，要想把单位的工作搞上去，就要把所有人的积极性，尤其是年轻人的积极性调动起来，激发起来。这不仅可以从一定程度上解决案多人少这个长期困扰检察院的大难题，从长远看，也可以解决检察事业后继乏人的问题，往大处说，更是关系党的检察事业后继有人的问题。

通过言传身教，把自己的办案经验传授给年轻人，对他们个人、对单位、对社会都是一件很有意义的事情。年轻人愿意学，阿布列林乐意教，双方一拍即合。从此，在阿布列林的工作中又多了一项任务——言传身教带学生。

认真，是阿布列林工作的特点，带学生也不例外。怎么使用法律条文、怎么撰写阅件笔录、怎么拟定调查提纲等，阿布列林手把手地教他们。学生写完后，阿布列林还要一个字一个字地把关，直到行文措辞无毛病，法律运用无瑕疵。出去调查案件，怎么与被告人交谈，怎么考察作案现场，怎么调查核实情况等，阿布列林都一一示范。

在业务上，阿布列林悉心指导；在办案作风上，阿布列林也身体力行，毫不含糊。一次，他带领几个年轻的办案人员到五堡乡调查一起重大盗窃案件。在被告人家里了解情况时，被告人家人给他们拿出水果、馕等招待他们。几个年轻人觉得都是一些平常的食物，拿起来准备吃的时候，阿布列林立即制止了他们的行为，严肃地告诫他们，被告人的东西是不能吃也不能拿的，今天你吃他一个馕，明天也许就会拿他一筐葡萄。吃人家的嘴软，拿人家的手短，发展下去就会影响公正办案，就是不得了的事情。阿布列林的现场说法给他们留下了深刻的印象。

1989年，公安机关向检察院移送一起伤害案件，讯问笔录中记载：案发后，被告人向村委会主任投案自首了。但公安机关对此没有核实。阿布列林随即安排两名年轻的办案人员到五堡乡四堡调查案发过程，并对被告人投案自首情况进行核实。两名办案人员到村里后，调查了其他的问题，却没有向村委会主任核实被告人投案自首的情况。案件移送法院后，法院同样提出被告人投案自首没被核实的问题。

不严格按照程序调查案件，是极不认真、极不负责的表现。阿布列林要求两名年轻的办案人员再一次到五堡乡四堡调查核实。村委会主任证实被告人投案自首情节属实，并在证实材料上盖上了村委会的印章。法院据此判处被告人缓刑。由于两名年轻的办案人员的疏忽，险些酿成误判。检察长张土玉对他们提出严厉批评。两名年轻的办案人员对办案程序在办案中的重要性有了更加深刻的认识。

在一边工作、一边言传身教的过程中，阿布列林毫无保留地把自己的办案经验传授给年轻的办案人员，并以自己廉洁的作风和高尚的品格感染着这些年轻人，让他们明白怎样才能做到公正办案，怎样做才是一个合格的办案人员。

20世纪90年代，哈密市检察院的办公经费非常紧张，全院一年仅4万元。为了节省经费，阿布列林在办案中能够自己解决的就自己解决，能一元钱办成的就决不花两元钱。1995年，阿布列林带领几名年轻的办案人员到吐鲁番办案，当时正值吐鲁番葡萄节，前来参加节会的人很多，致使吃住的价格飙升，即便是住最便宜的旅馆，一个床位一晚也要100元。办案需要两天，他们四个人仅住宿费就要800元。为节省开支，阿布列林带领他们到在吐鲁番农村生活的二妹家吃住。当时，有人提出到葡萄节会和一些景点看一看，阿布列林没有同意，办完案件就回到了哈密。

在阿布列林的精心培育下，这些年轻的办案人员无论是业务能力还是思想品德都有了很大提升。根据他们的实际能力和品行，特别是考虑到检察院工作的需要，阿布列林向院领导建议，提升他们为助理检察员，让他们独立办案。正常情况下，新进的大学生一般要锻炼三年才能独立办案，而这些大学生，经过阿布列林的培育和提携，大部分花了两年的时间，有的一年就开始独立办案了。现在，他们全部是检察院各主要科室的科长或副科长，成为检察院的骨干力量。

第四节　总结办案实践　写出优秀论文

但凡在事业上有成就的人，既埋头苦干、实干，也善于总结，能干、巧干。

焦裕禄在治理"三害"中，既深入一线查风口、追洪水、探流沙，也及时总结治沙、治水、治碱中形成的带有规律性的经验，将其上升到理论高度，指导全县人民治理"三害"。

阿布列林在办案中，既严格以事实为根据，以法律为准绳，公平公正执法，也着重在实践中努力学习法律知识，认真总结带有普遍性的办案规律，指导自己的执法实践，提升自己的执法水平。因此，阿布列林在几十年的办案实践中，始终保持着锐意进取的昂扬斗志，向着更高的目标不懈追求。

和阿布列林一起工作过的同志都有一个很深的感受，即无论对待哪一个案件，他都像第一次接手案件一样，每一个环节他都认真准备，从不放过任何一个疑点，而且使用任何一个法律条款，他都能运用得有理有据，不出现任何纰漏。

中 篇 第二章 政法工作是神圣的

长期以学习的态度对待工作，以研究的心态办理案件，让阿布列林对法律知识、法律理论研究有着特殊的爱好和情感。

1985年，有两个适合阿布列林学习深造的机会同时摆在他的面前：一个是报考新疆维吾尔自治区党校政工班，要求是35岁以下，有培养前途的优秀干部；一个是报考新疆政法管理干部学院，它主要是为检察院、法院培养业务骨干的。报考新疆维吾尔自治区党校政工班，毕业后组织上统一分配工作单位；报考新疆政法管理干部学院，毕业后仍回检察院工作。

时任哈密地区检察院检察长的王金辰，非常喜欢阿布列林这个有培养前途的年轻检察官，他对阿布列林说："小伙子，能否把自治区党校政工班的名额退掉，报考政法管理干部学院？"检察长的想法与阿布列林的想法不谋而合。经过几年的实践，阿布列林已深深地爱上了检察事业。有机会到自己喜爱的学校深造，既可以增长知识、开阔视野，也能圆从小就有的大学梦。为此，阿布列林白天办案，晚上坚持到复习班听课2~3个小时。经过3个月的学习，阿布列林以总分第二名的成绩考入新疆政法管理干部学院。

因为平时忙于办案，很少有时间静下心来全面系统地学习法律知识，所以阿布列林非常珍惜这次难得的学习机会。他如饥似渴地钻研法律条款，认真研究案例。每次考试，阿布列林的成绩在班里都名列前茅，他两次被学院评为"三好学生"和"优秀班干部"。

经过两年卓有成效的学习，阿布列林全面系统地掌握了各种法律知识，提高了对法律的理解能力、研判能力、分析能力，以及法律文书的写作能力。尤其是养成了在实践中总结，在总结中实践，不断提升理论和实践水平的工作习惯。

1989年，哈密连续发生了10起重大刑事案件，上级检察院要求哈密市检察院提前介入，确保案件从重从快处理。阿布列林在实践中感到，提前介入对那些社会影响比较大的案件和疑难案件很有必要，但不是所有的案件都要提前介入。而且，提前介入的范围、时机、方式和任务等方面也要有明确的要求。就此，他撰写了《浅谈总结经验，使提前介入规范化、制度化之我见》的专业论文，发表在1991年《新疆检察》第3期，得到业内人士的好评。

法律文书写作能力的高低，从某种意义上决定着办案的质量。因此，在法律文书的撰写中狠下功夫，是阿布列林认真办案、提高办案质量的重要内容。1990年，在办理阿哈买提·玉山流氓案时，起诉书是由他撰写的。后来这份起诉书作为哈密地区唯一一份起诉书，在自治区检察系统第一次法律文书评比中,被评为优秀法律文书,在全疆通报表扬。

1994年,上级检察机关派阿布列林到中央检察官学院深造。当时我国法学界不少人主张,要保留检察机关的免诉权。根据《刑法》和《刑事诉讼法》,检察院对自己侦查终结的案件,或公安机关侦查终结的案件,经审查认为被告人的行为虽已构成犯罪,但按照《刑法》规定,对不需要判处刑罚或者可以免除刑罚的,犯罪情节轻微的,有显著悔罪表现的,有投案自首、立功表现的应当免除刑罚的免予起诉。这一主张在法学界引起不小的争论,不少人提出要取消检察机关的免诉权。阿布列林根据自己的办案实践和理解,撰写了《完善免予起诉制度的探讨》,就如何完善免予起诉,从制度层面发表了自己的观点和见解,受到检察官学院老师的肯定,该文被评为学院优秀论文。

2007年,中央广播电视大学和中国政法大学合办法律专业本科班。当时,已经56岁的阿布列林仍然以顽强的毅力考入本科班,进行了为期三年多的专业学习,并以优异的成绩毕业,在退休之前拿到了法律本科文凭。

他在毕业论文《严格控制死刑案件的探讨》中明确提出,坚持惩罚犯罪与保障人权相结合,要严格控制和慎用死刑,坚持程序公正和实体公正并重,保障犯罪嫌疑人和被告人的合法权利等原则，强调在审判中要少杀，最大限度控制死刑案件的发生率。这篇论文被评为优秀论文。

  实践，总结，再实践，再总结。阿布列林在办案实践中从不满足于已取得的成绩，始终在探索如何才能做得更好，始终有一个需要不断攀登才能达到的更高的工作目标。这也是他为什么能够在31年办理的近千件案件中，没有一件错捕错诉，没有一件发回重审，没有一件改判或提起再审，件件都是经得起检验的铁案的内在原因之一。

第三章　清白做人　干净做事

第一节　一座盖了八年的房子

清正廉洁是每一位优秀共产党员应有的品质，也是焦裕禄精神的鲜明特点。阿布列林永远不会忘记这段话："焦裕禄同志始终保持艰苦朴素的作风，他长期有病，家里人口又多，生活比较困难，可他坚决拒绝给他救济。他说：'兰考是个重灾县，人民的生产、生活都很困难，我们应该首先想到他们。要把这些钱用到改变兰考面貌的伟大事业上去，用到改善兰考人民的生活上去。'"

那次兰考之行，焦裕禄家人简陋的住宅，简单、朴素的生活更是深深地刻印在了阿布列林的心里。像焦裕禄同志那样，清白做人，干净做事，既是阿布列林一生学习焦裕禄精神的重要内容，更是他践行焦裕禄精神的实际行动。

阿布列林——焦裕禄精神的当代传人

作为一名检察官和法官，清白做人，干净做事，是阿布列林公正办案的底气；作为一名副检察长和法院院长，清白做人，干净做事，是阿布列林秉公用权的航标；作为一名共产党员，清白做人，干净做事，更是阿布列林发挥先锋模范作用的准则。

凡到过哈密的人都非常欣赏维吾尔族群众居住的具有田园风格的庭院。在这样一个庭院里，依房而建的葡萄架，枝叶茂密；院里的苹果树、枣树、杏树等果树，把庭院装点得如同一个花果园。有些讲究的维吾尔族群众还会在院前院后栽上树干硕大、枝叶茂密、抗旱能力特别强、生命力特别旺盛的桑树和沙枣树。桑树5月份结出桑葚，桑葚是一种酸中带甜的水果，有助于治疗失眠和心脑血管疾病；沙枣树10月结果，果实清脆甘甜，能治疗胃病。这些果实无论是家人、邻居还是路人皆可摘下食用。沙枣树5月开花，散发出沁人心脾的幽香，沙枣花是维吾尔族姑娘非常喜爱的装饰品。

这种田园风格的庭院，是维吾尔族人世世代代流传下来的居住传统，彰显着维吾尔族群众生活的智慧，体现着他们热爱生活、改善生活、美化生活、保护生态的良好愿望。

维吾尔族群众之所以特别重视田园风格的庭院建设，

与哈密典型的温带大陆性气候有着密切的关系。这里干燥少雨，一年的降水量仅有几十毫米，而蒸发量则高达2000多毫米。茫茫戈壁，能够蓄住水、遮住阳、扛得住漫天风沙的只有树。因而在哈密，树几乎就是生命的象征，凡是有水的地方就有树，凡是有树的地方就有绿色，凡是有绿色的地方就有人。

尤其是在春夏之交，哈密的狂风之猛烈，对于一个从未到过哈密的人来说是不可想象的。"天上无飞鸟，地上不长草，风刮石头跑。"这就是哈密四周戈壁滩春夏之交狂风四起的真实写照。

看过哈密雅丹地貌的人，会将呼啸的狂风把岩石如刀割般切走的壮观景象永远留在记忆里。这里曾发生过肆虐的狂风把火车掀翻的骇人事件，而掀翻火车的地点，就在哈密以西100多公里的十三间房火车站。

为防止此类事件再次发生，如今从乌鲁木齐到哈密的动车车道两旁，人们用钢筋、水泥竖起了坚固的防风墙。而有了树，狂风对人类的危害就会降到最低。因而，植树是哈密各族群众最为积极的活动之一。每到植树季节，哈密人民都会在能够栽植树的地方，栽植下片片绿色；护绿更是哈密各族群众的自发行动，如果有人损坏树木，就会有人当场进行制止。盛夏季节如果你到哈密，给你印象最深的恐怕就是郁郁葱葱的树木和满眼的绿色了。

尤其是在烈日炎炎的盛夏，树在哈密的作用更是无可替代。由于天气异常炎热，如果没有树，如火的骄阳可以把人的皮肤晒得流油。但神奇的是，只要走在树荫下，就感觉很凉爽，树荫之下与树荫之外简直就是两个世界。

从某种意义上说，田园风格的庭院是维吾尔族群众顺应哈密独特气候的产物。试想，在酷热难耐的盛夏，用葡萄藤茂密的枝叶遮挡住如火的骄阳，营造出一片清凉舒适的小天地，在这里乘凉、吃饭或者歇息该是多么惬意。

这种惬意内地人是无论如何也享受不到的。因为，一到盛夏，如果是在瓜园或果园里，瓜果的甜味会招引来不少苍蝇、蚊子前来叮咬，相当影响人们享受美好生活的心情。而在哈密人们就不会有这样的烦恼，一年几十毫米的降水量和2000多毫米的蒸发量，形成异常干燥的气候，苍蝇、蚊子根本无法滋生和存活。

在这清凉而没有任何干扰的庭院里，如果来了客人，顺手摘几串新鲜甘甜的葡萄，或从枣树、杏树上摘下一些青翠欲滴的果实款待客人，既省去了到集市购买的麻烦，也节省了一笔开支；况且随摘随用，既洋溢着丰收的喜悦，也能享受采摘的快乐，高雅而富有情趣。在内地，当采摘游因为人们亲近自然、体验劳动而备受推崇的当下，殊不知庭院采摘早已和维吾尔族群众的生产生活融为一体。

因此,哈密的维吾尔族群众都非常重视庭院建设,哪怕手头再不宽裕,也要想方设法在自家的宅基地上建一所有葡萄架,有自己喜爱的果树的庭院。这样的庭院,就是维吾尔族群众居家生活的标配。

阿布列林家也有一块宅基地,是爷爷留给父亲的。父亲是公职人员,住的是单位的房子。阿布列林参加工作后,居住的也是单位的房子。在宅基地上重新建一所房子,在院子里搭上葡萄架,种上各种果树,是父亲一直以来的心愿。但过去由于兄弟姐妹多,家庭负担重,没有力量规划建设庭院,父亲的心愿也就一直未能达成。

1988年,年迈有病的父亲告诉阿布列林,想在有生之年,在宅基地上把房子建起来。阿布列林是个孝子,完成父亲的心愿,是他孝敬父亲的应有之义。但对阿布列林来说,盖房子最大的困难是缺钱。当时阿布列林的月工资是120元,除去日常开支几乎所剩无几。这时有人提醒阿布列林:"张张嘴就会有人送上门的。"阿布列林明白这句话的含义,他严肃地说:"清清白白做人,吃饭才吃得香,睡觉才睡得踏实。"那人见阿布列林不吃权钱交易这一套,灰溜溜地走了。

缺钱也要盖房子,阿布列林发扬自力更生、艰苦奋斗的精神，能自己动手解决的就自己动手解决，他采用蚂蚁啃骨头的办法，一点一点地进行；筹集建筑材料，他更是精打细算，能一元钱解决的就决不花两元钱，能自己动手解决的就决不花钱。

没有石子，阿布列林和妻子就利用双休日和节假日到戈壁滩上，用铁锹一锹一锹地收集了十几吨石子，租了一辆拖拉机，分四次将石子拉回来；没有木料，阿布列林听说三道岭在翻修铁路时有不少废弃的道木，他来到三道岭，将当地人准备当柴烧的道木作价，以120元的价格买了一车，又掏出80元作为运费，将道木拉回来；缺少建房子使用的土，阿布列林以一车50元的价格，从工地拉回来12车；没有砌墙的土坯，阿布列林雇了两个民工，以一块土坯4分钱的价格，打了3万块土坯。

就这样精打细算，有钱时就准备一些建筑材料，没钱时就停下来，直到1995年6月，阿布列林从检察院退休干部帕它木汗处借了5000元现金，才将建筑材料大致准备就绪，正式开工建设。然而到房子上梁时，还缺20根椽子。当时阿布列林手里的钱已全部花完。这时一个盗窃犯罪嫌疑人的父亲找上门来，直言不讳地对阿布列林说："只要把我儿子放了，你们家的椽子我包了。"听到这赤裸裸违法乱纪的话语，阿布列林立马就黑了脸："我是检察干部，绝不会利用手中的权力徇私枉法。"那人碰了一个硬钉子,垂头丧气地走了。

没钱买椽子,但椽子还要马上使用,阿布列林不得不以赊账的方式买来20根椽子(赊账120元),解决了建房子最后欠缺的建筑材料。

有钱就进行,没钱就停下来,从1988年开始筹备建房材料到1995年下半年盖好,这座130平方米的房子阿布列林整整盖了八年。

第二节 "宁可掉乌纱也要建一流审判楼"

1998年1月6日,经哈密市第六届人民代表大会代表投票,阿布列林从哈密市检察院党组书记兼副检察长的岗位,被选举为哈密市人民法院院长。1月7日,阿布列林到法院走马上任。

当时的哈密市法院办公条件非常差,自1984年哈密县和哈密市两个法院合并后,两个单位的干警挤在一座两层半、只有1000多平方米的小楼里办公,每间办公室都非常拥挤。审判条件更是差得不可想象,整个法院只有一个法庭,很多案件都是排着队等待开庭,一些案件只得在拥挤不堪的办公室开庭，根本不符合审判方式改革的要求，严重影响了法院正常工作的开展。

面对这个困扰哈密市法院多年的难题，也是法院多年想解决而一直未能解决的问题，阿布列林经过一番认真调查研究后，决心首先解决这个难题，他和法院领导班子成员经过反复论证，决定把旧的审判楼爆破拆除，在原址上建设一座6层高、带一层地下室、面积达6723.03平方米、配备19个法庭、20年不落后的审判楼，从根本上改善干警的办公和办案条件。经过与有关部门协商，在建设审判楼期间，法院的办公、办案地点临时安排到哈密市委党校。

之所以下决心建设审判楼，阿布列林心里是有数的。在检察院任党组书记时，他曾主持建设了检察院的家属楼，对让谁设计图纸、怎样挑选工程队、工期如何安排等，他是有经验的。

搞工程，首先要搞好预算。本着保证质量、勤俭节约的原则，定额站经过仔细测算，审判楼的主体工程建设费用需要350万元，加上装修和桌子、椅子、锅炉等配套用品，总费用达600万元。

当时，法院没有钱，但没钱也要搞建设。阿布列林与法院党组成员进行了充分讨论和反复论证。最终，法院党组决定，贷款350万元，缺额部分向市委、市政府提出申请。市委、市政府经研究决定，给予法院两年内诉讼费全部返还的优惠政策。

20世纪90年代，随着改革开放的深入，经济发展带来的副效应，诸如私欲膨胀、金钱至上、等价交换等观念渗入不少人的头脑：讲经济效益，不讲社会效益；讲局部利益、个人利益，不讲大局利益和整体利益。腐败现象在一些行业已呈蔓延之势，在工程建设领域表现得非常突出。尤为令人痛心的是，一些级别高、权力大的领导干部也忘记了自己当初入党时的誓词，忘记了为谁掌权，为谁谋利，他们把党和人民赋予的权力当作牟取私利的工具，违背组织原则，不按程序办事，没好处不批条子，有好处乱批条子，极大地损害了党在人民群众心中的形象。

投资600万元的法院审判楼，在当时是哈密市一个很大的工程，自然就成了人们关注的焦点，不少建筑公司都想承建这项工程。这些公司的经理或老板要么是阿布列林的老同学，要么是拿着上级领导写的条子找到阿布列林，当面向他提出承建要求。有的领导甚至打电话指示阿布列林，让某某公司来承建，或让他给予关照。总之，他们都想从承建审判楼中得到好处。

面对这些违规违纪的要求，阿布列林十分清楚，满足了他们的要求，受损的肯定是工程质量；而不满足他们的要求，注定要得罪一些领导。自1979年进入司法系统，从助理检察员到法院院长，阿布列林明白得罪领导会给自己带来什么样的结果，但他更清楚，作为一个党员领导干部，应在工作中奉行党的宗旨——全心全意为人民服务。作为哈密市法院院长，他必须从建设一流工程来考虑，从有利于法院的审判工作来考虑。他想到，焦裕禄带领兰考人民在治理"三害"的斗争中遇到过许多意想不到的困难，为解决这些困难，焦裕禄从来都是把人民的利益放在高于一切的地位。

当时，《中华人民共和国建筑法》已于1997年11月1日通过，1998年3月1日开始实施。《中华人民共和国建筑法》明确规定：建设楼房要公开招标建筑单位。阿布列林认为，作为一名执法者，他必须按法律办事。如果不招标，一是保证不了工程质量，二是保证不了按时完工，三是会给法院的工作带来一系列的麻烦。因此，必须按法律程序办，不能看领导眼色。领导的要求不符合法律规定，就坚决不听。想到这里，阿布列林横下一条心：为了建设一流的审判楼，就要公开招标，哪怕得罪一些领导也在所不惜。

阿布列林拿出《中华人民共和国建筑法》，向所有前来找他，准备承建工程的人声明，欢迎他们参与工程建设，但要根据《中华人民共和国建筑法》的要求，通过公开招标的方式,在具备相应资质条件的投标者中,择优选定中标者,并郑重地告诉他们,这是法院党组集体研究决定的。

尽管阿布列林一再声明要公开招标,但一些人仍然相信权力可以改变一切。其中一个女老板,打着领导的旗号,盛气凌人地找到阿布列林,要参与审判楼的建设。阿布列林对她说:"欢迎承建审判楼,但要参与招标。"女老板有点不屑地说:"哈密市领导答应让我干,你还不同意,要招标,你的胆子大得很,你敢不听领导的?小心你以后的日子不好过。"说完,女老板底气十足地走了。

然而两天过去了,女老板也没有接到阿布列林让她承包建设审判楼的电话。女老板想,这个阿布列林和别人不一样,不听领导的话。本不想来软的,但又怕失去承包的机会,女老板不得不放下身段改用拉拢的方式。她带人来到阿布列林家,趁阿布列林的妻子忙着洗衣服的空当,把一箱伊力特、两条中华烟和一条围巾放到桌上转身就走。当时阿布列林的妻子正在洗衣服,拦也拦不住,正好兵团检察院的马木提来找阿布列林商讨案件的诉讼词,目睹了这一幕。

阿布列林下班回到家里,一看到酒和烟,正要冲妻子发火,马木提赶紧劝道:"阿院长,不要发脾气。"随即把事情的原委讲了一遍。当天晚上,阿布列林给女老板打电话:"你必须把东西拿走。如果北京时间12点以前不拿走,我就将东西送到纪检委。"女老板有些圆滑地说:"小意思,你怎么是个小心眼呢?"晚上,她带人来到阿布列林家时仍然有些不甘心地说:"这些算个啥?"阿布列林立即回应:"既然不算什么,你就拿走。"女老板只得把东西拿走了。

对于阿布列林不听一些领导的招呼坚决通过招标选用工程队的做法,有同事善意地提醒他:"得罪了领导,你是要吃亏的。"对此,阿布列林不是没有考虑,但他坦然而坚定地对同事说:"修建审判楼是法院的大事,关系到公正执法,要当成一项政治任务来完成。只要能把审判楼建成一流工程,就是丢掉乌纱帽也值得。"

在招投标现场,有10家建筑企业参与了审判楼的建设招投标,哈密市纪检委、计划委员会等10家单位作为监督方均派人到现场进行监督。最终,依照法定程序,择优选定技术力量雄厚、修建了许多工程、在当地口碑很好、报价最低的江苏建筑工程队为中标者。

确定了审判楼的建设者,建设工期成为阿布列林牵挂的大问题。因为哈密的冬天寒冷而漫长,一年只有半年的施工期。像这么大的一座审判楼,正常情况下要八个月才能建成,多两个月就意味着把竣工的时间拖到了第二年的6月份。

时间不等人，阿布列林给工程队做工作，要求他们想办法务必在六个月之内完成工程建设。工程队为阿布列林院长不谋私利，采用公开招标的形式，公平公正地择优选定他们为建设者的清正廉洁行为深深感动，他们打破常规，把施工队分成两个班，采取轮换施工的方式，每天的施工时间从8个小时延长至16个小时，大大推进了工程进度，审判楼于当年10月顺利竣工。

审判楼建成后，哈密市纪检委、计划委员会、自来水公司、建设局、消防队等9个部门抽调20多人组成验收小组进行验收。经过严格检测，审判楼的各项指标均符合建设标准，是一项可以抗击7级地震的优质工程。不仅实现了在通暖气之前，全院干警搬进新审判楼办公办案的目标，而且在哈密开创了办公楼建设当年施工、当年建成、当年投用的先例。

第三节　四张票据

作为哈密市检察院副检察长和法院院长，阿布列林手中握有不小的权力。但他始终把焦裕禄"领导干部任何时候都不能搞特殊化"这句名言作为座右铭，从不利用手中的权力为自己和家人捞好处，从不贪占单位的一分钱，做到一心为公，两袖清风。

2000年5月，阿布列林的父亲由于患食道癌在哈密市医院住院治疗，当时进食困难。听说吐哈油田医院有位大夫通过扩展食道对病人进食有一定效果，阿布列林立即决定送父亲到吐哈油田医院接受治疗。

哈密市医院距离吐哈油田医院12公里，距离哈密市法院只有100多米。当时哈密市的出租车非常少，等车的时间比较长；即便坐上出租车去治疗，由于吐哈油田医院在郊区，出租车很少往那里去，回来时很可能搭不上出租车。扩展一次食道十几分钟就能完成，算上路上来回的时间，用法院的车，一个小时就能解决问题。

本着既给父亲治疗，又尽可能少耽误工作的想法，阿布列林决定使用法院的车。这样，忙完父亲的治疗，可以继续工作。阿布列林为父亲扩展食道先后使用了5次单位的车。

使用完单位的车，阿布列林来到法院财务室，拿出150元作为用车费缴给单位。见院长来缴费，会计有点惊讶地说："阿院长，不用缴了，派车给你爸爸看病是应该的。"阿布列林说："我是院长，使用单位的车辆，缴费理所当然。"见阿布列林非要缴钱，会计只好收下，给阿布列林开了一张收据。时间为2000年5月31日。

就目前的医疗水平而言，癌症仍然是不治之症。患食道癌的父亲在阿布列林兄妹的悉心照料下，在医生们的精心治疗下，度过了他生命中虽然痛苦却很宽慰、虽然不舍却也满足的最后一段时光，于2001年7月23日早上8点5分去世。

按照维吾尔族的习惯，老人去世的当天要安葬。医院的救护车把阿布列林的父亲送回家中，等给他洗完身子，再送到挖好的坟墓安葬。法院来了一辆面包车，把送葬的亲戚拉到坟地，举行送葬仪式。第二天，按照维吾尔族的习俗，要招待送葬的宾客。阿布列林使用法院的车辆，把买下来的清油、大米、羊肉、皮牙子、胡萝卜等拉回来，用于把父亲安葬后的第三天和第七天招待送葬的宾客。

上班后，他抽时间来到财务室，拿出200元钱作为用车费。见阿院长又来缴费，法院党组书记、办公室主任和财务室会计都不同意，他们说："家里老人去世单位帮助是应该的。"看到阿布列林执意要缴费，会计有些着急地说："以前其他干警家人去世，法院都派过车，都没有收过费用。"阿布列林坚定地说："我是党员领导干部，我必须缴费。"他们说缴200元太多了，阿布列林说那就缴150元，会计仍然说缴得多，阿布列林就把100元钱强行缴给了会计。时间为2001年8月10日。

阿布列林——焦裕禄精神的当代传人

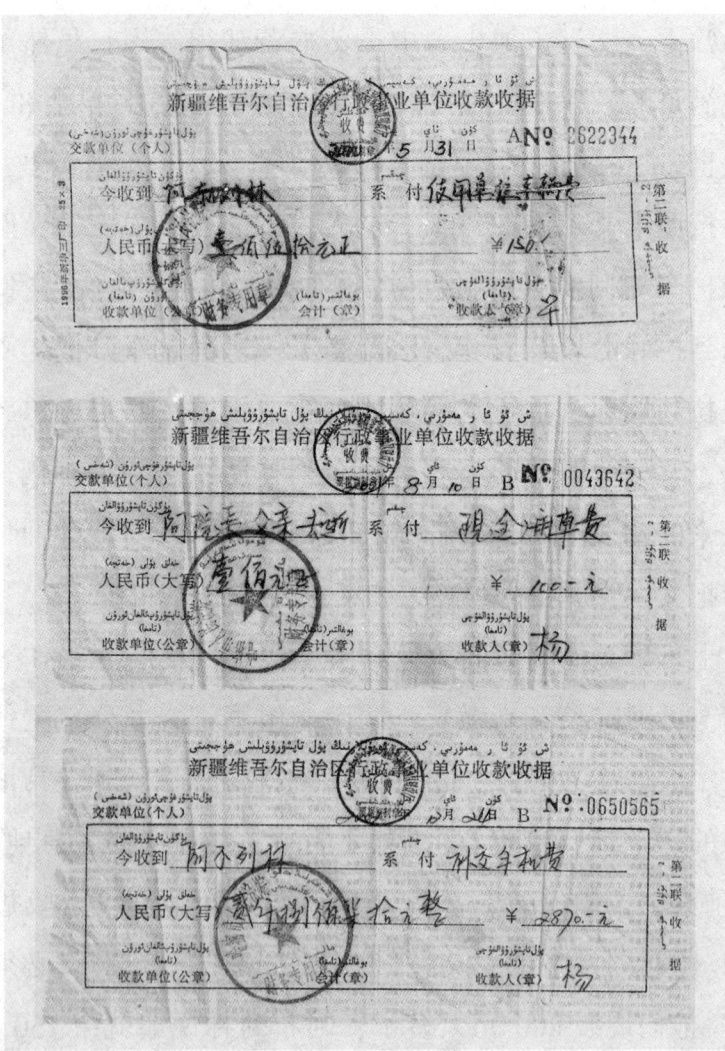

阿布列林补缴的用车费和电话费票据

作为一院之长，法院的大小事情都要由阿布列林拍板，即便在外地也一样。

1998年和2001年，阿布列林先后在乌鲁木齐建工医院和北京解放军301医院治疗小腿跟腱断裂。他在建工医院住院治疗了半个月，在301医院住院治疗了26天。住院期间，法院不断打来公务电话，哈密市委、市人大、市政法委等与法院联系密切的单位打来的有关商谈工作的电话每天也有十几个。这些电话短则几分钟，长则十几分钟，阿布列林的电话费用迅速攀升，40多天，电话费高达2870元。按规定，单位每月给阿布列林报销240元的电话费，除去可以报销的部分，电话费超支2510元。

尽管打电话谈的都是工作上的事，尽管以院长的权力，把这些钱报销掉很容易，而且法院党组书记也建议，90%的电话费由单位报销。但阿布列林说，由单位报销超支的电话费，他良心上过不去。2002年12月24日，阿布列林在调离哈密市法院时，将2870元电话费全部补缴。

阿布列林缴用车费，补缴电话费，并不是他不需要钱，而是对不属于自己的钱绝对不占，这是他做人的准则。

2003年6月底至9月初，阿布列林到乌鲁木齐参加法院院长培训班，住在建国门大酒店。培训结束回到单位准备报账时一算，发票金额多了1000多元。如果报了，谁也不会发现。但阿布列林认为这些钱不是自己的，不能要。他专门给酒店写了一封信，将多开了金额的发票一并寄回。酒店接到阿布列林的信和发票后非常感动，酒店工作人员李霞专门给阿布列林写了一封感情真挚、充满敬意的回信：

尊敬的阿布列林院长：

我于9月23日早收到了您的来信，首先我发自内心的（地）向您说声谢谢！［因为］我为自己身边能出现象（像）您这样的国家干部而感到无比的自豪与欣慰！对您——我致以深深的敬意，同时也希望自己能以您为榜样，真诚、坦率的（地）生活。

按照住宿标准，我开好了这张发票。如果您还有什么问题，请和我联系。欢迎您再次光临我们酒店！

李霞

2003.9.23

李霞的回信，表达的不仅是她个人对阿布列林的敬意，也是社会对真诚和清廉的尊重与呼唤。

中　篇　第三章　清白做人　干净做事

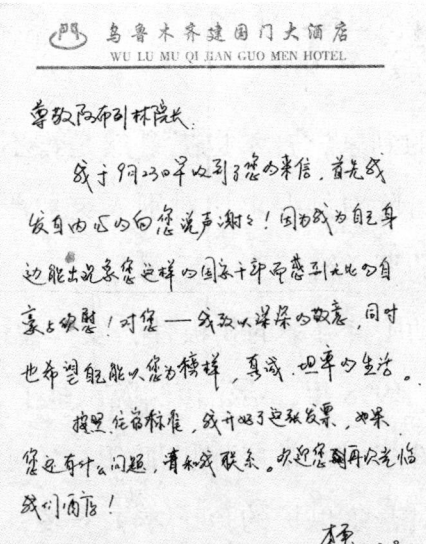

酒店工作人员李霞写给阿布列林的信

第四节　妹妹的委屈

　　阿布列林有一个妹妹叫吾尔也提，1970 年 4 月 24 日出生，是阿布列林最小的妹妹，也是阿布列林最喜爱的妹妹，比阿布列林整整小了 19 岁。吾尔也提从小就聪明伶俐，学习优秀，1991 年从新疆大学法律系毕业后被分配到哈密市法院民事审判一庭工作。当 1998 年年初阿布列林到哈密市法院当院长时，吾尔也提已在法院工作了 8 个年头。当时早已是

143

助理审判员的吾尔也提，业务能力强，办案效率高，不少当事人点名让她办案。

对于哥哥的到来，吾尔也提自然是喜不自禁。但她渐渐地发现，哥哥除对她要求比对别人更加严格以外，并没有像她所期望的那样给自己任何照顾。

为充分调动干警办案的积极性，发挥他们各自的专长，做到人尽其才，1998年，哈密市法院调整了20名干警的岗位。民事庭案件多，常常要加班加点，有时连节假日也不能休息。而当时吾尔也提的孩子才1岁多，加之丈夫下岗后做生意，经常不在家，忙于工作和照顾家庭，常常让吾尔也提自顾不暇。

听说法院要调整岗位，怕哥哥在调整时考虑不到家里面临的实际情况，妹夫曾专门找到阿布列林，希望他能考虑这些困难，把妹妹调整到工作相对轻松一些的刑庭。阿布列林对妹妹家的情况是清楚的，但他告诉妹夫，有好处要首先考虑别人而不是自己，自己的困难要自己想办法克服。妹夫见他如此坚决也没有再说什么，多少有些失望地走了。

阿布列林想，自己是一院之长，如果把妹妹从繁忙的庭室调整到相对轻松的庭室，影响不好。本着对己严、对人宽的原则，他没有调整妹妹的岗位。对此，吾尔也提尽管也很失望，但她想，哥哥对自己要求严格一些，也是可以理解的。

1999年，法院准备提拔一批科级干部，在酝酿提拔人选时，个别领导提醒阿布列林，可以考虑考虑自己的妹妹，但阿布列林坚决不同意，他说："法院符合条件的人很多，应当先考虑提拔其他干警。"后来，哈密市法院从普通干警中提拔了27名正、副科级干部。

仔细查看提拔的名单，仍然找不到自己的名字，吾尔也提心里很不是滋味，想想从资历到能力，从敬业精神到办案业绩，自己哪一条都符合要求，吾尔也提满腹委屈地找到阿布列林，哭着问他："我是不是你的亲妹妹？你是不是我的亲哥哥？"面对妹妹的质问，阿布列林一时语塞，但他很快就找到了一个不是理由的理由，也是他不提拔吾尔也提的真实想法。他说："正因为你是我的亲妹妹，所以提拔你不合适。"看着妹妹哭得红肿的眼睛，想到妹妹从来没有因为他这个当院长的哥哥沾过一点儿光，相反，对她要求更加严格，阿布列林也觉得有点儿对不住她。但一想到焦裕禄有好事总是想着别人，连孩子看场"白戏"都要补票时，阿布列林的心也就坦然了。

吾尔也提把自己满腹的委屈向父母进行了哭诉，开明豁达的父母告诉吾尔也提："你哥哥做得对。如果把你调整了、提拔了，你哥哥在法院的工作就不好做了。你还年轻，以后有机会。"父母的安慰和开导，提高了吾尔也提的认识，转变了她对哥哥的看法，促使她从委屈情绪中走出来，一如既往地投入到自己的工作中。2003年，即阿布列林被调离市法院后的第二年，吾尔也提因为工作业绩突出，被提拔为行政庭副庭长。

第五节　狠抓队伍建设
实现文明单位"三级跳"

1997年10月，哈密地委组织部门的主要领导约阿布列林谈话，准备叫他到哈密市法院当院长。阿布列林十分清楚，市法院硬件建设严重滞后，办公、办案条件差，1984年哈密县法院和哈密市法院合并后，没有增加任何编制，案多人少的矛盾十分突出。管理方面也非常薄弱，虽然有规章制度，但很不规范，也不健全，执行起来更是大打折扣。业务氛围不浓，办案质量不高，发回重审的较多。档案管理尤为混乱，一次，阿布列林到法院领取一个案件的档案，找了半天也没找到。在法院上上下下走一遍，找不到一个让人自豪和骄傲的荣誉牌匾。

阿布列林对领导说："我在检察院工作时间比较长，对检察院的工作比较熟悉，也更能发挥自己的作用。"领导明确告诉他："正是法院有这样和那样的问题，才需要一个业务能力强、政治立场坚定的领导。你是共产党员，就要和地委保持高度一致。"

领导一席话，不禁让阿布列林心潮起伏，他想起焦裕禄说过的那句名言："越是困难的地方越能锻炼人。"他坚定地对领导说："到法院工作虽然压力大，面临着新的考验，但我要认真总结在检察院十几年的工作经验，以不破不立、破就是立的精神，创造性地开展工作，彻底改变法院的落后面貌。"

阿布列林说到做到。一到任，他就抓新审判楼的建设，当年就改变了法院的办公、办案条件。而对法院任何一个薄弱环节，阿布列林都采取了针对性的治理措施，成立了相应的领导小组具体负责，把责任落实到人，一抓到底。根据工作需要，法院先后成立了11个领导小组，如审判方式改革领导小组、党建工作领导小组、保密工作领导小组、档案管理工作领导小组、精神文明建设工作领导小组、审判楼工程建设领导小组、扶贫帮困三级创建工作领导小组、执行工作领导小组、法律文书评比工作领导小组、综合治理工作领导小组、观摩庭评比工作领导小组等，每个小组都有主管领导负责，都有明确的目标任务。这样就把法院每一位领导的作用都发挥了出来，把每一位干警的积极性都调动了起来，把每一项措施都能落实下去，朝着既定的目标奋斗。

提高干警的业务能力，是改变法院落后面貌的重中之重。阿布列林上任后，看了几次公开审判，感到法官们的开庭水平很不理想。他决心以推行审判方式改革为突破口，狠抓队伍建设，提高干警的业务能力。

法院成立了观摩庭评比工作领导小组，阿布列林任组长，亲自抓审判方式改革。他组织起草了一个包括刑事、民事、行政案件等所有审判内容的公开审判案件庭审评比办法，要求每一位法官都组织一次观摩庭。

公开审判庭审评比办法发到各庭室后，不少法官看到评比办法要求很严，普遍感到压力很大。有压力，说明评比办法触动了一些干警的软肋。

阿布列林采取"是骡子是马拉出来遛遛"的办法，让每一位法官轮流到观摩庭公开办案，审判方式改革领导小组成员、不开庭的干警全部旁听，并邀请部分人大代表、政协委员旁听。对开庭中出现的这样或那样的问题，阿布列林和同事们一道提出整改意见，以此提高法官们的审判能力和对庭审的驾驭能力。

压力更是动力。通过公开观摩，过去想怎么开庭就怎么开庭的行为逐渐消失，规范化、系统化、制度化在庭审中被逐步体现，法官们钻研业务、研究庭审的氛围随着观摩的开展而浓厚起来。

观摩完所有法官的公开办案，观摩庭评比工作领导小组选出了三个优秀观摩庭，作为审判改革的标杆，让他们组织示范观摩庭，全院干警均以旁听者的身份，现场学习他们的审判方法和经验。最后，又优中选优，选出一个最优秀观摩庭，奖励其500元。

通过这种严格要求和互相学习办案的方式，推动了全院审判方式改革，提高了办案质量，法院的庭审规范率大幅提升。在提高办案质量的同时，阿布列林又开始着手解决案多人少的矛盾。他在会上宣布，凡一年办案超百件的干警，年终给予精神和物质奖励。

严格的奖惩制度大大加快了办案速度，涌现出年办案超100件甚至200件的办案能手30多人。2000年，一名干警一年办案200余件，由哈密市法院报请上级法院，为他荣记二等功。通过一系列激励措施，审判队伍政治素质和业务素质大幅提升，涌现出一批业务素质高、办案能力强的干警。

阿布列林在狠抓干警业务建设的同时，同样重视为干警解决办案中的实际困难。民事庭办理的都是社会、家庭案件，处理难度相对较大，而民事庭的干警少、审判力量不足。针对这种情况，阿布列林及时调整审判力量，将几名专业技术强的年轻同志充实到民事庭。

得知民族干警因维吾尔文专业资料少、打印机破旧影响办案时，阿布列林想方设法为每位民族干警购买了一本新编的《常用法律法规汇编》，更换了维吾尔文打印机，使民族干警的办案条件得以改善。

法院审判业务量大，交通工具不够用，审判人员外出调查、送达，都要骑自行车，既不方便，也影响办案效率。在资金非常困难的情况下，阿布列林与领导班子成员商量后，给执行庭配备了一辆富康车，给每个审判庭配备了一辆摩托车和微型面包车，为干警开展审判业务提供了方便。

精神文明建设是提高干警队伍政治素质和业务素质的重要内容。有多年政法工作经验的阿布列林深知精神文明建设在干警队伍建设中的重要作用，更懂得精神文明建设不能光喊在嘴上，更要落实到行动中。法院开展便民法律服务，每次他都带头参加，同大家一起，向群众宣讲法律知识，接受法律咨询，接待群众来访；春节、古尔邦节前夕，他带队慰问下岗特困职工，冒着风雪前往五堡乡、沁城乡慰问贫困户。在他的率先垂范下，全院干警自觉加强精神文明建设，积极捐款、捐物，奉献爱心。

档案对法院的办案有着非同一般的重要作用。而阿布列林发现，哈密市法院的档案存放得乱七八糟，麻袋里有，纸箱子里有，木头柜子里有，铁皮柜子里有，连车库里都能找到档案。档案的胡乱堆放，严重影响了法院正常工作的开展。把档案整理出来，既是方便干警办案、提高办案质量的应有之义，也是创建文明单位的必要内容。

但几十年的档案加起来有几十万件，整理起来是一项浩大的工程。通过仔细测算，阿布列林决心组织干警用一年半的时间加班加点，整理档案。为把档案工作做好，法院成立了档案管理工作领导小组，阿布列林亲自任组长。从1999年开始，他带领几十名干警，并聘请了一部分退休干警，发扬蚂蚁啃骨头的精神，每天晚上加班两个小时，按照刑事、民事、行政、人事、建筑、会计、照片等分类，根据案件卷宗的多少，每晚整理三至五个案件。通过一年半的精细工作，一个档案一个档案地整理，共整理出自法院成立50年来的几十万件档案。

整理档案，给办公办案带来了极大的便利。过去找一个档案像大海捞针一样艰难，整理后，只要说出编号，两分钟之内就可以找到任何一个需要的档案，极大地便利了工作，实现了档案管理达标。2000年，哈密市法院被评为

"档案管理自治区一级单位"。

随着法院干警队伍政治素质、业务素质的普遍提高，软硬件环境的深刻变化，干警的办案质量明显提升，精神面貌焕然一新，在群众中的形象得到显著改善，仅仅4年，哈密市法院完成了文明单位"三级跳"：1998年被评为市（县）级文明单位，1999年被评为地区级文明单位，2001年被评为自治区文明单位。从1998年到2002年，哈密市法院党支部连续5年被哈密市委评为优秀党支部。

第六节 "虽然不当领导了，但我还是共产党员"

哈密市法院在阿布列林的领导下，经过近五年的奋斗，无论是办公、办案条件，还是办案效率和办案质量，不管是干警的业务素质和精神风貌，还是社会各界对法院及干警的评价，各方面都发生了天翻地覆的变化，达到了哈密市法院自成立以来的最高水平。正当阿布列林率领全院干警向更高的目标攀登之时，哈密地委组织部领导约他谈话，明确告诉他，凡在法院院长岗位上干满5年的都要调离原岗位。经组织研究决定，调阿布列林到哈密地区中级人民法院，任副县级审判员。

副县级审判员就是一名享受副县级待遇的普通法官。从管理100多名干警的院长到一名普通的法官，要说阿布列林的内心没有一点触动、没有一点受挫的感觉是不可能的。想想几十年来，自己以焦裕禄同志为榜样，一心扑在工作上，把检察院和法院的工作搞得风生水起；想想几十年来，自己兢兢业业地工作，都得到了党组织的极大信任，从助理检察员开始，一步一个台阶，一直干到哈密市检察院党组书记、副检察长，哈密市法院院长。在政法系统，他第一次面临从重要岗位降到普通岗位，职务的降低与工作上取得的成就形成的巨大反差，在阿布列林的心中也引起了一些涟漪。但他想：焦裕禄精神的实质是忠诚于党、忠诚于人民，作为一名共产党员就要像焦裕禄那样做人做事，就要忠诚于党、忠诚于人民。虽然不当领导了，但我还是共产党员。既然是共产党员，就要体现共产党员的先进性；既然是共产党员，就要服从组织分配，就要全身心投入到新的工作中，用自己的行动体现共产党员的先进性。

想到这些，阿布列林向组织部的领导表示："作为共产党员，我无条件服从组织的决定。在政法战线工作20多年，经历过多个岗位，无论对检察院还是法院的工作都很熟悉，都怀有很深的感情。况且，地区中级人民法院办理的都是判处 15 年以上有期徒刑，包括无期徒刑、死缓、死刑等大案、要案，社会关注度高，对法官的执法能力和水平要求更高，法官的责任更大。上级领导让我当法官，我就要当一名优秀的法官。"

当时一些领导干部为提拔自己的亲戚，跑官要官，给干部的使用和调整带来不少负面影响，能干的未必重用，不能干的，甚至溜须拍马的却官运亨通。用人上的腐败是最大的腐败，劣币驱逐良币对人的心灵伤害极大。这些不正常的现象，从某种程度上损害了党在人民群众中的形象。阿布列林的调离，在哈密政法系统甚至在哈密各界都引起了不小的反响。很多人包括一些领导干部对阿布列林说："调整很不公正，没有看到你的工作成绩。"有人说得更直接："你工作干得那么好，不但没有提拔，还被降为副县级审判员，这是党风不正的表现，你是没有靠山的干部。"有的人甚至从反面提出质疑："阿布列林是不是犯错误了？"

当然，也有个别人不无嘲讽和幸灾乐祸地对阿布列林说："你公正办案，得罪了不少人，还要继续得罪人吗？你已经 50 多岁了，不要太积极了。你不当领导了，再也不会提拔你了，还那么拼命地办案子没什么用了。"

面对各种议论，阿布列林很坦然，他坦率地告诉他们："今后，我办的都是重大案件，责任重大。我要尽最大的努力办好每个案件，坚决不做对不起党和人民的事。"

阿布列林不仅是这样说的，更是这样做的。他很快就从稍微不适中走出来，全身心地投入到了新的工作之中。

来到地区中级人民法院，在曾经的下属手下工作，人们对他的称呼也从"阿院长"变成了"老阿同志"，但这丝毫不影响他对这份工作的热爱。在新的岗位，阿布列林同样面临着重新学习和能力考验的问题。

阿布列林在市法院时，案件办理的范围局限于哈密市。由于哈密市的哈萨克族群众与维吾尔族群众长期生活在一个地方，他们说的哈萨克语与维吾尔语一大半很相似，文字基本上能看得明白，说话也大致能听得清楚，不影响办案。而地区中级人民法院要审理整个哈密地区的案件。其中包括巴里坤哈萨克自治县的案件，那里的哈萨克族群众使用的是土生土长的哈萨克语，无论是书面语言和口语都与维吾尔语大相径庭，很难学。但公安机关的侦查材料使用的是哈萨克语，检察机关的法律文书使用的是维吾尔语，法院在审判中使用维吾尔语和汉语两种语言，不掌握巴里坤县的哈萨克语办理案件就非常困难。

怎么办？学！

到地区中级人民法院时阿布列林已51岁。俗话说，人过四十不学艺，阿布列林却以51岁的年龄从零开始学习巴

阿布列林——焦裕禄精神的当代传人

里坤县的哈萨克语。他拿出当年在农场、农机厂学习汉语的劲头，充分利用业余时间，加班加点学习哈萨克语，经过一年多的勤奋努力，95%的哈萨克语他可以认识，能够听懂。

2008年8月，巴里坤县发生一起盗窃电力设备案，后经查明两名犯罪嫌疑人先后在奇台、木垒、伊吾、巴里坤四县破坏正在使用的变压器，盗窃变压器内的铜线。侦查阶段，犯罪嫌疑人用哈萨克语供述，在检察院起诉时用维吾尔语，中级人民法院要求使用汉语审理此案（被告人是民考汉，聘请了汉语律师）。阿布列林主审这个案件，分别用"双语"或"多语"进行庭审，几种语言来回翻译，没出现任何差错。

在地区中级人民法院，别的法官的法律文书都是用专职翻译翻译成汉语，而阿布列林的法律文书都是自己来翻译，增加了很大的工作量。但阿布列林仍然把这项工作看成提高汉语水平的机会。由于阿布列林具有丰富的法律知识和较高的汉语水平，从2005年到2009年，领导指定，法院给人大报送的工作报告，都由阿布列林审定。

阿布列林对工作高度负责的态度体现在他认真对待工作的每一个环节上。在地区中级人民法院工作期间，阿布列林认真对待每一起案件的每一个环节，其中，他撰写的判决书有两篇被评为优秀判决书。这是一个了不起的成绩，因为地区中级人民法院一年只有一篇或两篇判决书被评为优秀判决书。

2007年7月1日之后，最高人民法院严格控制死刑案件，收回了死刑案件的核准权。

2009年7月9日，巴里坤县发生了一起杀人案件。被告人巴合提别克·哈山在本县沙尔丘克、乌家庄两地喝了两场酒，7月8日晚上9点钟回到自己的村庄乌昌果后，又与别人喝酒。次日凌晨2点左右，被告人在回家途中与被害人巴合提别克·胡思漫相遇，被告人让被害人给他买酒，被害人没有答应，随即两人发生争吵。后来，被告人假惺惺地对被害人说，咱们做朋友吧。当两人走到一座破房子时，被害人先进去，被告人拿起一块石头对准被害人的头部、颈部反复击打，将其打晕，然后又骑在被害人的腹部，用石头连续三次击打被害人的头部，致其当场死亡。

阿布列林接手这起案件后，经过仔细审理，认为被告人故意杀人罪成立，且是累犯，没有减轻和从轻处罚的条件，应当判处死刑。开庭前，被告人的父亲找到阿布列林说："如果保住我儿子的头，要几只羊送几只羊。"阿布列林说："如果要你的羊，我就是知法犯法，我也要进监狱。"被告人被依法判处死刑，剥夺政治权利终身。

阿布列林——焦裕禄精神的当代传人

被告人不服，上诉至自治区高级人民法院，高级人民法院认为被告人犯罪事实清楚、证据确凿、情节严重，被告人又是累犯，社会影响极坏，驳回上诉，维持原判。

自治区高级人民法院报最高人民法院核准，最高人民法院审理后，维持原判，被告人被执行死刑。

在地区中级人民法院的八年时间里，阿布列林在刑庭工作六年，所办案件无一改判，无一发回重审，无一提起再审，至今地区中级人民法院无人打破这个纪录。

尽管阿布列林只是一名普通的法官，但他看不惯那些溜须拍马的人。他认为，权力是党和人民赋予的，应当在党章、党纪、党规和法律的约束下行使权力。

当时一些法官受社会上不良风气的影响，利用手中的权力，吃了原告吃被告，阿布列林对此深恶痛绝，他结合自己的经历，列举令人痛心的事实，撰写了一篇针对性很强的专业论文——《法官职业道德的特点》。在文中他明确提出：法官的职业决定了他必须严格控制自己的行为，无论是八小时之内，还是八小时之外，不能吃请，不能跟作风不正的人来往。他认为法律再完善，也要由法官来执行。法官执法不严，必然导致执法不公，损害当事人的合法权益，破坏法律的严肃性。法院作为司法战线最后一道防线，不能出现任何差错。因此，一名合格的法官，必须树立正确的世界观、人生观、价值观,忠于党、忠于人民、忠于国家的宪法和法律,必须是政治坚定、业务精湛、作风过硬的人。如果法官在办理案件中,办关系案、人情案、金钱案,那么什么违法现象都会出现,法官也会因此走上违法犯罪的道路。

《法官职业道德的特点》这篇论文针砭时弊,对一些准备走或者正在往邪路上走的法官无疑是当头棒喝,起到了振聋发聩的作用,得到地区中级人民法院领导和法官们的普遍称赞,被评为二等奖。二等奖是地区中级人民法院能够评出的论文的最高奖项。

从1979年到政法战线工作,无论职位升迁还是下降,阿布列林都满腔热情地为党和人民忘我地工作。他从不计较个人得失的阔大胸怀,他坚定不移的共产主义信仰,正面回答了社会上曾经出现过的一种议论——"如果是焦裕禄,他在党风不正和劣币驱逐良币的情况下应当怎么做?"

第四章　各族群众都是兄弟姐妹

第一节　阿布列林与他的汉族好兄弟任广颖

哈密是多民族聚居地，在这片丰饶的土地上生活的 36 个民族的群众都有强烈的民族认同感，都以自己是中华民族大家庭的一员而自豪，对危害民族团结的言行都会自觉地反对和抵制。特别是在发生内乱和出现外侵的危难时期，上至历任哈密回王，下到各族普通百姓，都会毫不犹豫地不惜牺牲生命来捍卫祖国统一。

一世回王额贝都拉，因生俘准噶尔叛乱头目噶尔丹之子并把他押送给清廷有功，被康熙帝正式册封为"哈密回部一等扎萨克达尔汗"。

三世回王额敏，在位 28 年，大力发展屯田，筹粮助军，抗击外侵，给清廷以极大支援，觐见过康熙和雍正两任皇帝。

乾隆二十二年（1757年），新疆地区爆发大小和卓叛乱，为协助清廷平息叛乱，四世回王玉素甫亲率王府军队出征南疆，战功卓著。乾隆皇帝被他的忠义勇敢所感动，赏给他郡王品级。现在故宫紫光阁五十功臣中还有他的画像和赞语。

阿布列林的太姥爷阿卜杜·卡提尕利（卡提尕利，一种职务，相当于现在的办事员）是回王府的办事员，多次跟随九世回王沙木胡索特到北京觐见清朝皇帝。阿布列林太姥爷的爷爷身体强壮，善于格斗，在维吾尔族式的摔跤比赛中多次赢得冠军，得到回王赏赐，其家族被授予红腰带褒奖。如今生活在伊州区陶家宫乡兰干村、上庄子村、回城乡、西山乡的部分维吾尔族群众就是红腰带家族的后裔。

阿布列林太爷的爷爷是一个具有经营才能的人，曾在阿克苏、库车、轮台等地经商。当时哈密还没有制糖业，他太爷的爷爷在南疆学会了把葡萄干、核桃、芝麻混合在一起，制作成各种各样的麻糖。回哈密后，他制作的这些麻糖因吃起来香甜可口，很受食客欢迎，一时间生意兴隆，受到哈密回王的表扬，"麻糖"也成为其家族的封号。

出生在祖祖辈辈对中华民族有着强烈认同感的家庭，

阿布列林——焦裕禄精神的当代传人

阿布列林身上积淀的是热爱祖国的基因，流淌的是中华民族的血液；成长在哈密这个各民族群众团结氛围浓厚的地区，耳濡目染的是祖辈和父辈们维护民族团结的自觉行为，这一切以润物无声的方式，深深地影响着阿布列林。因此，在阿布列林的孩提时代和学生时代，与其密切交往、玩耍的发小，既有维吾尔族的孩子，也有汉族和其他民族的孩子。

与其他民族的孩子交往、玩耍，就要掌握交流的工具——语言。聪明的阿布列林便利用与其他民族的孩子，尤其是与汉族孩子交往、玩耍的机会，开始了他最初的汉语口语的学习。其中与阿布列林交往时间最长、交流最深、至今仍保持密切联系的当数他的汉族好兄弟任广颖。

1966年，阿布列林和任广颖都是血气方刚的年轻人，任广颖在哈密二中读初三，阿布列林在哈密一中上高一。两个学校相距两公里，但两人都是乒乓球爱好者，在一次比赛中相遇、相识，开启了长达半个世纪相知的历程。

学习之余他们经常在一起切磋球艺。共同的爱好，把彼此拉得很近。从那时开始，只要碰到一起，两人就敞开心扉，无话不谈。由于要交流学习体会、谈论人生理想，阿布列林便向任广颖学习汉语口语，任广颖则向阿布列林学习维吾尔语口语。

中　篇　第四章　各族群众都是兄弟姐妹

1969年3月，阿布列林到火箭农场四分场当知青，被分到一队；任广颖是6月到四分场当知青，被分到二队。在那个火热的年代，两位志向相同、兴趣相近的热血青年，通过生活上互相帮衬，劳动上互相激励，度过了那段艰难的农场适应期。两个人不仅都喜欢打乒乓球，而且都具有艺术天赋。任广颖是业余小提琴手，阿布列林则具备男中音的浑厚嗓音，劳动之余，两个人经常在一起你拉一曲《在北京的金山上》，我唱一首《我们是年轻的一代》；任广颖用优美的琴声抒发他对未来的无限向往，阿布列林则以浑厚迷人的嗓音歌唱对人生的美好追求。他们同是农场文艺宣传队的骨干，与其他队员一起精心编排了一台又一台文艺节目，以巡演的方式，到各分场演出，深受观众好评。

1970年年底，两人作为优秀知识青年一同被选拔到哈密地区农机厂当工人。任广颖被分配到电机车间，阿布列林则被分配到翻砂车间。农机厂开大会，阿布列林作为青年代表在大会上发言，其发言稿一般都是先让任广颖审核把关；阿布列林主持编写的黑板报，每出一期，任广颖都是第一个读者，看看内容是否紧贴农机厂的实际，是否还有修改提升的余地。

好朋友是在互帮互助中形成的。当时哈密取暖主要靠煤块，每年入冬前厂里会分给每位职工两吨煤用于制煤块。身小力单的任广颖面对这两吨煤束手无策。每到这时，阿布列林就会找来马车，把两吨煤装上车，拉到任广颖家，还抽时间帮他打煤块。

1979年，阿布列林作为优秀职工被调到哈密县检察院工作；任广颖则以自己在音乐和写作方面的才能，到乌鲁木齐广播电台当起了栏目编辑。尽管不在一地，但两人每隔一段时间就会以书信、电话的方式向对方通报个人工作和家庭生活方面的情况，畅谈改革开放后国家经济发展、社会进步取得的巨大成就给百姓生活带来的日新月异的变化。

阿布列林每一次到乌鲁木齐出差，任广颖只要有时间，都会到阿布列林的住处与他见上一面，聊上一会儿；任广颖回哈密，阿布列林只要得知消息，总会请他到家里吃顿饭，叙叙旧。阿布列林先后三次到乌鲁木齐住院治疗腿伤，每一次任广颖都到医院看望他。2014年11月，阿布列林在新疆医学院住院期间，带来的1500元钱不慎丢失，任广颖立即拿出身上仅有的400元钱，以解阿布列林的燃眉之急。目前，阿布列林与任广颖已交往50多年，仍然是生活上互相关心，工作上互相交流，思想上互相碰撞，认识上互相启发的好朋友、好兄弟。

第二节 维护民族团结的模范

民族团结是各族人民的生命线,是做好各项工作的前提和保障。要想搞好民族团结,就要充分认识民族团结在维护稳定中的重要作用,进而提高严格执行党的民族政策和法律政策的自觉性。在哈密市检察院担任党组书记、副检察长期间,阿布列林接到公安机关移送的阿尔肯·托合提尼亚孜强奸一案,当时公安机关提供的取证、审讯、记录等全部材料都是使用汉语言文字完成的,而被告人一再要求提供由本民族语言文字撰写的材料。听完承办人的汇报,阿布列林立即决定将此案退回公安机关,要求将案卷全部翻译成维吾尔族语言文字后重新移送起诉,从而维护了被告人的合法权益,保证了案件审理的合法性。

从个别到一般,阿布列林把维护各民族合法权益的要求体现到办案的全过程。1998年,刚刚就任哈密市法院院长,阿布列林就明确提出,凡涉及两个民族以上当事人的案件,必须采用民、汉审判员组成的合议庭审理,并要配备翻译人员,保证各民族当事人用本民族语言进行诉讼的权利。这个做法哈密市法院(现伊州区法院)一直沿用到现在。

在推进民族团结、维护社会稳定中，阿布列林总是率先垂范，凡要求别人做到的，自己首先做到。他在接待群众来访中，不论哪一个民族的同志提出问题，他总是耐心地一一解答。遇到个别少数民族群众有偏激想法，甚至出言不逊时，他总是从大局出发，讲明道理，消除误会，避免矛盾激化。他经常告诫干警，要时时刻刻想到我们的审判工作关系到社会稳定、民族团结，一定要公正执法、热情服务，在工作中维护民族团结、宣传民族团结。在他的严格要求和身体力行下，全院干警在办案中都能从维护民族团结的高度出发，五年中从未出现过因民族政策落实不到位而发生纠纷、影响民族团结的情况。

哈密市法院的工作人员中有汉族、维吾尔族、哈萨克族、回族、蒙古族和满族等六个民族，少数民族干警占33.33%。搞好各民族干警之间的团结，增进相互之间的友谊，对不同民族干警联合办案，对文明单位创建都有重要意义。阿布列林非常重视利用节假日，组织开展民族团结一家亲活动，无论是汉族的春节，还是维吾尔族的肉孜节、古尔邦节，法院都要组织文艺晚会，每个民族的干警都要拿出自己的节目进行表演，一展各民族文化的风采；节日期间，法院都会提议让不同民族的同事相互走访，增进彼此的了解和友谊。

尊重不同民族的民族习惯，是搞好民族团结的应有之义。1998年6月，法院审判楼建设进入决战期，法院决定慰问担任建设任务的由江苏民工组成的工程队。有人碍于阿布列林是维吾尔族，提议买羊肉去慰问。他当即反对："我们应当尊重不同民族的生活习惯，江苏民工喜欢吃猪肉，我们就应当买猪肉去慰问。"于是，法院两次买了两头又大又肥的猪，宰杀后，配上蔬菜等食品，由阿布列林亲自带队去慰问。民工们看到阿布列林院长如此尊重民族习惯，都很受感动。他们加班加点，科学施工，在规定的时间内保质保量完成了审判楼的建设任务。

阿布列林是一个非常重感情的人，无论是哪个民族的同志，只要对他有过帮助，他都会铭记在心。阿布列林在哈密市检察院工作期间，担任检察长的是张土玉。张土玉是一位政治立场坚定、业务能力强、作风正派、廉洁自律的领导。他从善如流，能倾听不同的意见和建议，他从党的事业发展的高度，虚怀若谷，提携后进，退休后，回福建惠安老家休养，1996年5月17日因脑肿瘤不幸去世。听到这个噩耗，阿布列林悲痛不已，正在搬家的他立即停下手中的活，到单位商量为老检察长张土玉送葬的有关事宜。他恨不得立即赶到惠安参加葬礼，送他所敬仰的张土玉同

阿布列林——焦裕禄精神的当代传人

志最后一程。但当时哈密没有飞机场,如果坐火车、转汽车,赶到惠安需要好几天。没能到现场参加张土玉同志的葬礼,成为阿布列林心中忘不掉的遗憾。

为了弥补这个遗憾,阿布列林一直在寻找机会弥补。2001年6月,阿布列林和其他三位同志到威海疗养。疗养即将结束时,阿布列林向其他三位同志说:"你们可以先回哈密,我准备到福建惠安给张土玉同志上坟。但上坟是个人行为,来回路费和吃住大概要花费1000元,我自己解决。"其他三位同志说:"张土玉同志是我们敬重的领导,我们和你一起去,费用我们也自己解决。"于是,他们先到张土玉家人生活的石狮市,一人拿出100元买来礼品,看望了张土玉的妻子;然后驱车到惠安,一人又拿出100元,买了礼品,慰问张土玉同志的哥哥张水玉,又各自出钱买了祭品,在张土玉同志的墓前进行祭拜,弥补没能送张土玉同志最后一程的遗憾,表达对张土玉同志的敬重。阿布列林的真挚情感让张土玉的家人感动得热泪盈眶。

在阿布列林看来,各民族同胞都是自己的兄弟姐妹,他要在生活上关心他们、帮助他们、照顾他们。1998年秋天,阿布列林去乌鲁木齐出差时不幸发生车祸,小腿跟腱断裂。手术后尚未康复,他就不顾医生的劝阻,拄着拐杖上班了。刚进办公室,法院干警艾沙找他求救,自己妻子得了尿毒症，手术费需要10多万元。阿布列林和其他领导商量后，先借钱给艾沙，再动员全院干警捐款。他先捐了200元，其他各族干警当场捐款14000元。艾沙深深地感受到各民族干警兄弟般的温暖。

在市检察院和法院工作期间，作为主要领导，每年单位组织看望贫困户，慰问贫困学生，阿布列林都亲力亲为。2001年10月，阿布列林和干警一起带着米、面、油和现金，冒着大雪来到沁城乡苁苁台村看望孤寡老人帕它木汗时，老人不敢相信，风雪天还有人来给她送生活必需品。老人问阿布列林："巴郎子（维吾尔语，意为小伙子），这么大的雪你们是怎么来的？"阿布列林告诉老人："是党派我们来的。"老人感动得热泪盈眶，连声说："谢谢共产党！谢谢共产党！谢谢共产党！"

阿布列林在工作中严格执行党的民族政策，生活中充分尊重各民族习惯，把各民族同胞的困难当作自己的困难，尽力帮助解决，从内心深处把各族群众当作兄弟姐妹，不仅在检察院和法院营造了"讲民族团结光荣，不讲民族团结可耻"的浓厚氛围，更是干警们公认的维护民族团结的模范。

第三节　阿布列林与汉族民工张宏奎

法院是伸张正义的场所，维护公平正义是法官义不容辞的责任。长期在检察院和法院工作的阿布列林，最不能容忍恃强凌弱，最看不得群众受苦，尤其是农民工受苦。

1997年，甘肃民工张宏奎带着老婆和一双儿女，从家乡通渭县到哈密打工，给一个四川籍老板开的理发店搞装修，干了三个月，完工后这个老板躲着不给张宏奎结4500元工钱。4500元对张宏奎来说，既是他没日没夜劳作的报酬，更是一家四口生活的唯一来源。没办法，张宏奎只得一纸诉状将这个老板告到哈密市法院。官司打赢了，但老板仍然耍赖不给工钱。1998年，阿布列林到法院当院长后，闻听此案非常气愤，他派两名执行人员去执行此案。执行人员在哈密市一个菜市场内发现这个老板，将其押到法院。他害怕了，当天就把4500元钱全部付清。

追回血汗钱后，张宏奎和阿布列林成了无话不谈的朋友。刚到哈密的张宏奎人生地不熟，时常由于找不到活干，一家人的生活陷入窘境。张宏奎找到阿布列林，看能否给他找点儿活。正好法院一部分桌椅板凳需要修理，阿布列

中　篇　第四章　各族群众都是兄弟姐妹

林就安排张宏奎维修桌椅板凳，并按劳付酬，给了他2000元劳务费，帮助张宏奎渡过了生活上的难关。

在一次交谈中阿布列林得知，张宏奎一家的户口仍在原籍。由于没有哈密市户口，两个孩子上学一年要多掏2000多元钱，这对当时的张宏奎来说有着不小的经济压力。阿布列林便多方联系，帮张宏奎及两个孩子把户口从甘肃通渭迁到了哈密市回城乡西戈壁队，解除了张宏奎的后顾之忧。

张宏奎对阿布列林的帮助非常感激，隔三岔五到阿布列林家或阿布列林妈妈家，检查检查水管是否漏水，如果漏水，就立马换水管；看看电线线路是否老化，如果老化，就把新的电线接上去；遇到其他需要帮助干的活，他也立马动手解决。

在阿布列林的影响下，张宏奎有事也总是首先考虑别人。2005年7月，哈密旧货市场起火，家住市场的张宏奎不顾自家房屋遭受大火侵袭，冒着生命危险去救火。回来后，自己家的财物被大火烧得一干二净。但他不气馁，借了4.8万元钱重新创业。

由于阿布列林在张宏奎心中的形象特别高大，由此他发自内心敬重少数民族群众尤其是维吾尔族群众，尊重他们的生活和风俗习惯。他居住的村庄大部分是维吾尔族群众，为了和维吾尔族朋友打成一片，他也不吃猪肉。除阿布列林外，他结交了不少维吾尔族朋友，从未与他们发生过不愉快的事情。自家的财产被大火烧光后，是一个维吾尔族朋友借给他4.8万元资金，他才得以重新创业。

如今，张宏奎依靠自己的勤劳和努力，成为哈密"数德家具店"的老板，一年收入10多万元。儿子初中毕业后考上技工学校学习汽车维修，目前在乌鲁木齐开了一家维修厂，一年收入几十万元。女儿也已结婚成家，与女婿一起搞装修，过着幸福美满的生活。

从1998年算起，阿布列林与张宏奎的交往已将近20年。20年来，是阿布列林的关爱帮助张宏奎度过了人生中最困难的时期。正如张宏奎所说："认识阿布列林是我们全家人的幸运，否则真不知道日子该怎么过了。在我的心里，他就是我最亲的哥哥。"现在，随着家具店生产规模的扩大，张宏奎不时向阿布列林进行法律咨询，解决经营中遇到的法律问题。

在阿布列林的引导和影响下，张宏奎从一个靠劳动挣钱养家的木工逐步成长为一个思想上进、有社会责任感的个体经营者。他积极向党组织靠拢，写了入党申请书，2016年12月被沙枣井村党支部列为培养对象。

要求入党，就要按照党员的标准要求自己，为社会做出自己力所能及的贡献。为帮助生活困难的维吾尔族群众摆脱贫困，2017年，张宏奎从他了解的维吾尔族群众中挑选了两个年轻人当徒弟，要把自己的木工技艺无偿传授给他们，以此帮助他们的家庭脱贫致富奔向小康。

随着媒体对阿布列林事迹广泛而深入的报道，人们在认识和了解阿布列林的同时，阿布列林和张宏奎亲如兄弟的故事也随之被人们传颂。曾有人故意问张宏奎："对你影响最大的人是谁？"

张宏奎自豪地说："是阿布列林！"

"你最好的朋友是谁？"

张宏奎幸福地说："是阿布列林！"

说到帮助张宏奎，阿布列林显得非常平静，他说："张宏奎带着孩子在外地打工很不容易，我们各民族兄弟都是一家人，帮助他是我的责任。"

阿布列林与张宏奎将近20年的交往和友谊是哈密历史上民族团结的一段佳话，成为新疆民族团结一家亲的典范。

第四节　深切感受祖国大家庭的温暖

维吾尔族有句谚语："水珠投进海洋里生命就会无限。"这是阿布列林最喜欢的一句话。他常说："哈密是由36个民族组成的大家庭，只要兄弟姐妹互帮互爱，就会创造美好生活。"

1998年9月底，阿布列林在去乌鲁木齐出差时不幸遭遇车祸，致使小腿跟腱断裂。在哈密市委领导的关怀和帮助下，阿布列林被送往乌鲁木齐建工医院进行手术，但效果不理想，之后转到北京解放军301医院。当时医院床位非常紧张，但考虑到阿布列林是新疆来的少数民族干部，骨科主任王岩亲自安排床位，指定最好的大夫主刀。在医护人员的悉心照料下，阿布列林的小腿跟腱得以痊愈。回忆起在解放军301医院的日子，阿布列林至今心怀感激，幸福满满。

2014年6月，阿布列林作为哈密地区先进模范代表团成员，到兰考考察学习。当时，他的母亲在地区中心医院住院治疗，已报病危。阿布列林怕母亲出现意外，对是否去兰考相当犹豫。河南援疆大夫王思勤、楚天舒，对阿布列林母亲的身体进行了详细检查，认为只要治疗护理到位，短时间内不会出现生命问题。王思勤随即向阿布列林保证："你放心去兰考吧，你母亲的病包在我身上，我保证你从兰考回来，你母亲不会出事。"听到王大夫这句砸扛子（维吾尔语，意为拍胸脯）的话，阿布列林感动得一时不知说什么好。用阿布列林的话说："如果没有王大夫这句话，兰考肯定是去不成了。"

近年，阿布列林一直忍受着双臂疼痛、麻木的折磨，有时甚至疼得无法入睡，痛苦不堪。他多次到乌鲁木齐有关医院治疗，但效果欠佳。2016年7月，在河南省援疆干部的推荐下，阿布列林到河南省人民医院住院治疗。

听说阿布列林是少数民族干部，河南省人民医院高度重视，院长顾建钦亲自组织神经科、骨科、内分泌科、疼痛科、皮肤科等科室的专家给他会诊，最终确定为颈椎病，神经压迫导致上肢疼痛，建议手术治疗。骨二科主任高延征亲自主刀，他在全麻状态下接受了颈前路颈6椎体次全切植骨融合内固定术。手术很成功，用阿布列林的话说："晚上可以睡安稳觉了。"出院后，他特地赠给医护人员一面写有"医术精妙绝伦，豫哈民族情深"几个大字的锦旗，表达他的感激之情。

2017年3月，阿布列林准备到河南省人民医院复查，河南省援疆前方指挥部领导帮他联系了床位。顺利住院后，李湘豫总指挥派副总指挥王成增专门到医院看望慰问他。

现在每每回忆起那段日子，阿布列林都会充满深情地告诉人们："住院期间，河南的医生、护士没有把我当病人看待，而是把我当亲人对待。从治疗到生活，医护人员尽心尽力，令我非常感动。这次住院治疗，更让我深深体会到祖国大家庭的温暖。"

第五节　冲进熊熊大火救出两条人命

1990年前后，阿布列林住在农村的平房。那里地处偏僻，居住人家少。与阿布列林家相距20多米的，是哈密市民政局干部阿皮孜·尕依提的家。阿皮孜有三个女儿、一个儿子，都正在上学。他的妻子由于患有严重的关节炎而瘫痪，长期卧病在床。

1990年8月的一个中午，气温高达40摄氏度，吃过午饭刚刚躺下的阿布列林忽然听到"起火啦！救命啊！"的呼喊声。

听到呼喊声，阿布列林翻身下床，来不及换衣服就跑了出来。只见邻居阿皮孜家浓烟滚滚，大火熊熊。呼喊救命的是阿皮孜的儿子，他哭叫着说，他患有腿疾的妈妈和一个邻家的小孩子在屋内。

这时，阿布列林已经冲到阿皮孜家的大门前。由于天气异常干燥，阿皮孜堆放在院子里的木头与椽子瞬间被引燃，火势很猛，人进不去屋。他迅速绕道后墙，用砖头将后墙通风窗的窗棂砸断。这时阿皮孜也从外面赶回来了，

中　篇　第四章　各族群众都是兄弟姐妹

在阿皮孜的帮助下，阿布列林从通风窗跳进屋内，将被大火吓得嗷嗷乱叫的大约3岁的小孩子一把拉到怀里，然后双手举起，将小孩递给在通风窗外接应的阿皮孜。救出小孩后，阿布列林又转身抱起阿皮孜瘫痪在床的妻子。但阿皮孜的妻子太重，阿布列林能抱起来，却举不起来。情急之中，阿布列林拉过来一个装衣服的箱子，站在箱子上，将阿皮孜的妻子抱起，使出浑身的力气将她推到窗口，阿皮孜就势将妻子从窗口拉了出去。

这时，已经救了两个人、体力严重不支的阿布列林双手怎么也抓不住窗户。熊熊大火在向室内蔓延，呛人的浓烟令人窒息，如果再抓不住窗户，阿布列林很快就会被熊熊的大火烧到。在这千钧一发之际，窗外的阿皮孜迅速找来一块木头垫在自己所站的椅子上，将手伸进窗内，阿布列林使尽全身的力气纵身向上一跳，拉住阿皮孜的手，一个拼命向外爬，一个全力往外拉，阿布列林这才从窗口爬出来。

大火被迅速赶来的消防官兵扑灭。

经查，起火是房间的线路老化漏电引起的。

大火过后，阿皮孜家房屋的门窗被烧毁，家具被烧坏，整个房子也被烧得伤痕累累。民政局给阿皮孜家送来被子、褥子及生活用品，并根据受灾程度，给予了相应的经济补助。

从窗口爬出来的阿布列林,双膝被磨烂,两只胳膊被磨出道道血痕。他到医院进行包扎处理,一个星期后伤口才慢慢愈合。

阿布列林不顾生命危险,冲进熊熊燃烧的大火救出阿皮孜的妻子和邻家的小孩子,让阿皮孜感动不已,他不知如何报答为好。本来家庭人口就多,生活紧张,再加上火灾,阿皮孜实在拿不出像样的东西表达谢意。思来想去,他只好独自来到哈密市检察院,找到张土玉检察长,声泪俱下地说:"如果不是阿布列林,我的妻子就没命了。如果不是经济负担重,我一定重谢阿布列林。"

阿布列林英勇救人的事迹也深深地打动了张土玉检察长。他专门来到阿布列林的办公室,激动地告诉他:"你做得非常好,非常出色!我们检察院的宗旨就是要维护人民群众的根本利益。"

人们常说,瞬间彰显伟大,本能体现本质。在兄弟姐妹的生命处于危难的关头,阿布列林将自己的生死置之度外,第一个冲向大火,这种本能的反应,反映的就是一心为民的本质,就像焦裕禄那样——心中装着人民,唯独没有他自己。

中　篇　第四章　各族群众都是兄弟姐妹

第六节　最贴心的是那张珍贵的合影

在阿布列林的所有物品中，最珍贵、最贴心的当数他和几位同学与焦裕禄家人的合影。

走进阿布列林家的客厅，阿布列林和五位维吾尔族同伴与焦裕禄家人的合影会首先映入你的眼帘。阿布列林介绍，这张照片已经伴随他 50 年了。50 年间，由于城市改造、房屋拆迁等原因，阿布列林一共搬过 10 次家。每次搬家，都有一些东西丢失，但这张照片始终被当作最珍贵的物品。每一次搬家，阿布列林都会小心翼翼地把客厅墙上装有照片的镜框第一个取下来，再仔仔细细地安放到新家客厅最醒目的位置。

对于阿布列林来说，这不是一张普通的照片，而是一个象征，象征着他所追求的焦裕禄精神；这张照片不只是一个历史瞬间的定格，更是一段精彩人生的见证，见证着 50 年来阿布列林是如何像焦裕禄那样做人做事的。

对于阿布列林来说，这张照片是一个激励，激励他在艰难的时期增添战胜困难的勇气；这张照片更是一个化身，一看到它，就仿佛看到焦裕禄在注视着他，浑身顿时充满了力量。

　　在以镰刀为主要收割工具的年代,割麦子是所有农活中劳动强度最大的。来到农场第一年割麦子,血气方刚、不甘落后的阿布列林连续几天割麦面积都在一亩以上。酷热难耐的天气,超负荷的劳动,累得阿布列林直不起腰杆,真想倒在麦田里睡上一大觉。这时,他想到了那张与焦裕禄家人的合影,仿佛听到焦裕禄在对他说:"阿布列林同志,不要怕,困难是暂时的,要克服困难往前冲。"想到这里,阿布列林就又觉得浑身增添了无穷的力量。他挺起腰杆,继续在麦田里埋头劳作、挥汗如雨,成为农场麦收的标兵。

　　在农机厂当翻砂工期间,一次阿布列林被1300多摄氏度的铁水烫伤,钻心的疼痛使阿布列林难以承受。回家后,他拿出那张照片看了看,忽然就感受到一种力量,疼痛好像消失了,仿佛有种力量在推动着他继续前进。

　　在那张照片的激励下,阿布列林在翻砂工这个最苦、最累、最险的岗位一干就是九年,磨炼出他非同一般的意志和品质。

　　正是那张走到哪儿带到哪儿的照片,帮助阿布列林度过了他人生最为艰难的时刻;正是那张照片,激励阿布列林公平公正执法,31年间把每一个案件办成铁案;正是那张照片，时时提醒阿布列林清清白白做人，干干净净做事，让清廉成为阿布列林秉公办案的底气；正是那张照片，让阿布列林从容面对职务进退，身居要职不狂傲尽心竭力，作为普通干警也同样积极进取。

到如今，那张照片已跟随他50年，仍然是他们家最为珍贵的家藏，仍然是他最贴心、最暖心、须臾都离不开的宝贝。

2014年，那张照片被河南省援疆前方指挥部派人取走，翻拍后放大成三张，一张赠送给焦裕禄同志纪念馆，一张赠送给焦裕禄同志的儿女，一张被阿布列林工工整整地悬挂在客厅最为醒目的位置。

第七节 最喜欢唱的歌曲是《焦裕禄，毛主席的好学生》

《焦裕禄，毛主席的好学生》这首歌曲，对阿布列林有着非同寻常的意义。1968年，17岁的阿布列林和几位同伴一起，在焦裕禄同志的墓前唱着这首歌祭拜了他心中的偶像。从此，这首歌就成了阿布列林战胜困难的法宝、激励斗志的号角、抒发豪情的诗篇。

阿布列林——焦裕禄精神的当代传人

在农场,当满手的血泡让他疼痛难忍之时,阿布列林唱着这首歌给自己增添了战胜困难的勇气;在农场文艺宣传队的演出中,阿布列林唱着这首歌向广大农场职工抒发自己的人生理想。在农机厂,当1300多摄氏度的铁水溅到身上引起钻心的疼痛之时,当其他人都逐渐离开了翻砂工的岗位时,阿布列林唱着这首歌在翻砂工这个最苦、最累、最险的岗位坚守了九年。

在检察院和法院,每当单位举行文艺晚会,演唱《焦裕禄,毛主席的好学生》一直是阿布列林的保留节目。每当唱起这首歌,对阿布列林来说都是一次精神的洗礼;每当唱起这首歌,对阿布列林来说都是一次对焦裕禄精神的膜拜;每当唱起这首歌,对阿布列林来说都是一次思想的升华;每当唱起这首歌,对阿布列林来说都是一次对共产主义信仰的进一步坚定。

唱着这首歌,阿布列林不惧扔黑砖、砸玻璃;唱着这首歌,阿布列林从容面对寒光闪闪的斧头、耸人听闻的恐吓;唱着这首歌,阿布列林对党内不正之风发出了"宁可掉乌纱也要建一流审判楼"的共产党员的豪言;唱着这首歌,阿布列林面对歹徒妄图置他于死地的一系列明枪暗箭,毫无畏惧地发出了"如果我牺牲了,党和人民不会忘记我"的铮铮誓言;唱着这首歌,阿布列林以优秀共产党员的博大胸襟,无论是身居要职,还是作为普通一兵,都时刻不忘发挥一个共产党员应有的模范作用,尽一个共产党员应尽的职责;唱着这首歌,阿布列林的共产主义信仰更加坚定,胸怀更加坦荡。

2016年9月3日,根据哈密市委的要求,哈密市一中抽调100名学生,由阿布列林教他们演唱《焦裕禄,毛主席的好学生》这首歌。2017年1月22日下午5点,在哈密南粤文化中心,哈密市民族团结一家亲迎新春文艺晚会上,由阿布列林等人演唱的《焦裕禄,毛主席的好学生》受到哈密各族青少年和劳动模范代表的热烈欢迎,整台晚会共有13个节目,哈密电视台将阿布列林等人演唱的《焦裕禄,毛主席的好学生》作为唯一一个节目推荐到新疆电视台播放,在全疆引起热烈反响。

如今,半个世纪过去了,《焦裕禄,毛主席的好学生》这首歌依然是阿布列林最为喜爱的歌曲。

第八节 时刻牵挂的是焦裕禄的家人

在阿布列林的心中,最不能让他忘怀的是焦裕禄的家人。自1968年那次兰考之行以后,阿布列林总在盘算着何时再到兰考看一看，看看焦裕禄的母亲是否健在，焦裕禄的爱人身体是否安康，焦裕禄的儿女工作生活情况怎么样。当然，他也很想向焦裕禄的家人汇报，他是如何在焦裕禄精神鼓舞下工作和学习的，进一步增进与焦裕禄家人的亲情和友情。

1994年12月，阿布列林在中央检察官学院学习，快结束时，他将那张合影和底片带上，准备在返回哈密的途中到兰考看一看，但检察院打来电话，要求他学习结束后立即返回。他没能实现去兰考的愿望。

2001年6月，在山东威海干部疗养院疗养结束之际，阿布列林又做好了到兰考的准备，不巧妹妹来电话说："爸爸已报病危，你速回。"他只得再次与愿望擦肩。

2013年春节前夕，阿布列林的女儿阿孜古丽工作的学校给她补发了4个月的工资1万元钱。阿布列林与妻子、女儿商定，拿着这笔钱，到兰考找到焦裕禄的家人，和他们一起过春节。一切准备妥当，80多岁的母亲因脑出血住院，他又遗憾地没有去成。

2014年6月，应河南省委组织部邀请，哈密地委选派阿布列林作为地区先进模范代表之一前往兰考。阿布列林终于来到了他魂牵梦绕的兰考。他再一次徜徉在兰考大地，一路走，一路看，兰考发生的巨大变化让他感慨不已。他说:"兰考的沙丘不见了,到处绿树成荫,高楼大厦林立;百姓的生活好了,公园里、树荫下,到处是散步、健身的人。这一切都是在焦裕禄精神感召下,兰考人民通过自己的奋斗取得的成就呀!"

在焦裕禄烈士陵园,来自全国各地的人们络绎不绝地祭拜焦裕禄。在焦裕禄烈士陵墓前,献完鲜花,注视着焦裕禄遗像,阿布列林像46年前一样,用维吾尔语高唱《焦裕禄,毛主席的好学生》。祭拜完毕,阿布列林看到来自全国各地的络绎不绝的人流,充满深情地说:"焦裕禄精神影响了几代人,焦裕禄精神永不过时。"

在开封,阿布列林与焦裕禄的儿女见了面,他把那张放大了的合影赠送给焦裕禄的儿女,把早已准备好的花帽和艾提莱斯围巾分别给焦裕禄的儿女戴上。他们畅叙几十年的思念之情,畅谈在焦裕禄精神鼓舞下,他们各自的人生经历,约定在今后的日子里,他们不仅要更加忠实地践行焦裕禄精神,还要把弘扬焦裕禄精神的接力棒传递给儿子、孙子,子子孙孙永远传递下去。

第九节　与英雄王锋的家人结亲戚

王锋和阿布列林同是"感动中国 2016 年度人物"。2017 年 1 月 14 日在"感动中国 2016 年度人物"颁奖典礼录制现场，阿布列林在纪录片中看到王锋的先进事迹，当时就感动得流下了眼泪。他说："在颁奖典礼上我见到王锋的妻子潘品，就希望和王锋的家人结成亲戚，尽我的能力去帮助他的家人。"

2017 年 2 月 8 日晚 8 时，"感动中国 2016 年度人物"颁奖典礼在中央电视台一套首播，阿布列林在哈密市惠康园社区与社区居民一起观看，他再一次被王锋的事迹深深打动，再一次流下了感动的泪水。当记者问他为什么流泪时，阿布列林有些哽咽地说："王锋的事迹太感人了，命都不要，三次冲入火海，这样的英雄太不容易了。我也要像王锋一样，不怕苦、不怕死。"

2017 年 3 月，阿布列林到河南省人民医院住院治疗神经性胳膊疼。3 月 20 日，阿布列林到笔者所在单位——河南日报报业集团，与集团领导座谈学习践行焦裕禄精神的体会。座谈会结束后，集团领导邀请阿布列林分别到河南

中 篇 第四章 各族群众都是兄弟姐妹

省红色教育基地红旗渠和著名旅游景点少林寺参观，阿布列林都以身体不适为由婉言谢绝了。

3月27日，病情刚有好转，阿布列林就提出要到英雄王锋家看看英雄的家人生活如何，是否需要帮助。他和在郑州开餐厅的好友、郑州市民族团结模范阿迪力·买买提一起，驱车276公里，来到王锋位于南阳的家，给王锋的家人带来了新疆特产香囊、红枣、核桃和其他营养品。

来到王锋的家，阿布列林激动的心情久久不能平复。他拿出早已准备好的花帽和艾提莱斯围巾给王锋的妻子潘品戴上，说："在新疆，花帽和艾提莱斯围巾都是送给最好的客人。今后我就是你们家最遥远的新疆亲人，阿迪力就是离你们家最近的新疆亲人。"

谈到英雄王锋，阿布列林十分动情："我先后两次在电视上看到王锋的事迹，每次都流下了泪水。王锋三次冲入火场救人，自己却几乎被烧成'炭人'，他是河南人民的优秀儿子，是新时代的英雄，是我们各族人民学习的榜样。以后不管是生活上还是孩子上学遇到问题，只要我和阿迪力能帮到的，尽管给我们打电话。"

对于阿布列林的看望，潘品十分感动，她说："你的到来，让我和我的家人感受到几千里以外的温暖，社会各界的关爱给了我们坚强的力量和走下去的勇气。"

临走前，阿布列林叮嘱潘品："中华民族是个大家庭，我们要像石榴籽那样紧紧抱在一起，要像爱护自己的眼睛一样爱护民族团结，要像珍惜自己的生命一样珍惜民族团结。"

因身体不适，探望完王锋的家人，回到宾馆的阿布列林发起了39.7摄氏度的高烧，第二天便急匆匆赶回医院接受治疗。为了使阿布列林的病情尽快好转，新疆驻河南工作组副组长、河南省民委主任助理艾力卡木江亲自到医院送水送饭，晚上住在医院悉心照料。经过三天的治疗，阿布列林体温才恢复正常。

阿布列林带病到南阳与王锋的家人结亲戚的消息经媒体披露后，在社会上引起热烈反响。2017年6月24日，哈密市委书记卢蜀江到阿布列林家中看望阿布列林时称赞："你在身体还没有恢复的情况下，去慰问王锋的爱人，还带上郑州市民族团结模范阿迪力，你做得非常好，体现了民族团结一家亲。"

下 篇

第一章　有一分热发一分光

第一节　从岗位上退了
为人民服务的思想不能退

2010年12月，阿布列林从哈密地区法院副县级审判员的岗位退休。但他认为，虽然从岗位上退了，但为人民服务的思想不能退。作为一名共产党员，永远没有退休的时间，有一分热，就要发一分光。

退休后，阿布列林和退休前一样，按时参加组织生活，按时交纳党费，处处严格要求自己。一次，法院退休干部党支部书记打电话告诉阿布列林，一名退休党员干部向组织正式提交报告，要求退党。组织上希望阿布列林以老战友的身份做做他的思想工作，让他收回报告。

阿布列林听说有人要退党，而且是一名老党员，非常痛心。他立即骑上电动车，行驶六七公里来到那名老战友家。阿布列林问他退党的原因，他说："过去一些领导干部贪污受贿几千元，现在发展到上亿元。一些有权力的党员干部跑官要官、买官卖官，看到这些腐败现象使我对党失去了信心。"阿布列林诚恳地告诉他："我们党是有一些干部有腐败问题，但不是全部。以习近平同志为核心的党中央以零容忍的态度，坚决惩治腐败，一批批贪官落马，说明我们党有能力解决腐败问题，我们党是伟大的党。"这名退休老党员听了阿布列林的劝告后，诚挚地告诉阿布列林，希望组织上给他时间，让他做进一步的考虑。

　　退休后，阿布列林仍时刻不忘发挥共产党员的先锋模范作用。自2012年起，哈密市城区扩建改造，环城路南面有一大片维吾尔族群众的墓地需要搬迁。迁坟是一件很敏感的事情，弄不好就容易引发社会矛盾，谁也不想第一个迁坟。阿布列林的祖母、祖父等8位亲人都安葬在这里，迁坟的通知一下来，阿布列林就先跟母亲商量如何迁坟。母亲同意后，他又一家一家地跑，做通了亲戚们的思想工作，带头将8座坟墓迁移到了西戈壁的穆斯林公墓。之后，这里的1000多座坟墓陆续被迁走。

　　2016年2月18日，哈密撤地设市。作为哈密市第一次党代会年龄最大的党代表和哈密市第一届人民代表大会代表，阿布列林积极履行党代表和人大代表的职责，在参加会议之前，他深入基层调研，倾听群众呼声，并从哈密经济和社会发展的大局出发，精心撰写了两份议案。大会期间，他正式向大会提交了这两份议案。

第一份议案是，根据脱贫攻坚和城镇化建设的需要，从哈密市林管站往南开一条将近两公里的路，与东环路连接，通过修路将公路东、西的两个贫困村连接起来，解决村民进城不方便的问题；通过修路，解决这两个村基础设施建设滞后的问题，进而帮助这两个村尽快摆脱贫困。

第二份议案是，改善西戈壁小学的办学条件。西戈壁小学各方面的条件都比较差，师资力量尤为薄弱。学校周围的适龄孩子一半以上都要到距离较远的回城乡小学和鲁能小学上学。上学的孩子多，造成公交车拥挤，加之都是7至8岁的孩子，上学路上的安全也让人担心。阿布列林建议：政府应加大投入，把西戈壁小学办成重点学校，一来可以减轻回城乡小学和鲁能小学的办学压力，二来也能保证孩子们的上学安全。

阿布列林的这两份议案，得到哈密市领导的高度重视。市长祖木热提当场给出答复：支持阿布列林的议案，将成立调研组，由主管副市长负责，在认真倾听学校周边群众意见的基础上，拿出改善西戈壁小学办学条件的具体方案。

对于修路的议案，将责成伊州区有关部门调查论证，并列入城市建设总体规划。

第二节　到社区普及法律知识

在哈密地区司法系统，阿布列林是办案能手、法律专家，在社会上有相当的影响。退休后就有人找上门来进行法律咨询，也有人找他帮助写诉状，还有人在打官司中求助于他。对这些有求于他的事情，不管是哪个民族的群众，他都无偿给他们提供法律服务。阿布列林知道，如果他们到个人开办的法律事务所寻求法律服务，一个小时就要花费100元左右，对不少人来说，是一笔不小的开支。在提供法律服务中，阿布列林处处从群众的利益出发，能调解的决不让双方对簿公堂，尽量减少他们的经济负担。渐渐地，阿布列林义务为各族群众提供法律服务的事便在哈密传开了。

2013年年初，哈密市惠康园社区正式聘请阿布列林为惠康园社区的义务法律宣讲员。从此，他定期到社区为各族群众讲解我国三大诉讼法的概念和适用范围；讲加强法律学习，才能保障新疆社会稳定和长治久安；讲《刑法》

和《反家庭暴力法》；讲如何把焦裕禄精神转化为落实总目标的强大力量；讲依法治疆、团结稳疆和长期建疆。

成立于2010年4月的惠康园社区，是哈密市较大的社区之一，居住着2415户，6038口人。有维吾尔、汉、回、哈萨克、蒙古五个民族的居民在这里生活，贫富差距较大，有住别墅的，有住商品房的，有住廉租房的，有住公租房的，有住自建房的，社区人口成分复杂，少数民族多，弱势群体多，拆迁户多，居民的法律意识淡薄。因此，普及法律知识、提高居民的法治意识显得非常迫切。

有着几十年办案经验和丰富法律知识的阿布列林，每次讲法律公开课，都会根据中央第二次新疆工作座谈会精神，结合新疆实际，再三强调：要加强民族团结，维护社会稳定；强调"三股势力"是各族人民的共同敌人，要旗帜鲜明地与"三股势力"做坚决的斗争。他说："船的力量在帆上，人的力量在心上。民族团结重在交心，要将心比心，以心换心。这是做好新疆各项工作的保证。"

根据居民的需求，阿布列林的授课形式也是多种多样的。除在大讲堂授课外，他还与居民座谈，到居民休闲娱乐的地方与他们交流，对行动不便的居民他上门讲解法律知识，帮助居民撰写起诉状，等等。总之，凡是居民需要的，阿布列林都尽量满足。

由于阿布列林的法律课讲得深入浅出,生动有趣,每次讲课,能容纳80多人的大讲堂都座无虚席;每一次与居民座谈,大家都会一个问题接着一个问题地提问,气氛异常热烈。阿布列林用理论与实践相结合的授课方法,为居民们讲解了许多有实用价值的法律知识,增强了居民们的法律意识,提高了他们用法律解决问题的能力。

通过几年来阿布列林尽心尽力普及法律知识,社区居民的法律意识明显增强。过去居民们一遇到什么难题,首先想到的是找政府解决,因此,前几年几乎年年都有几起上访事件。现在,工作中遇到什么难题,生活中遇到什么纠纷,居民们会首先考虑通过法律途径来解决问题。

2016年9月中旬,哈密一个建筑工地想找一名厨师。家住惠康园社区的梁英听说后就把自己远在四川内江山区的一个会做饭的亲戚通过介绍人介绍给工地老板,老板当场答应以每月3000元的报酬录用,梁英非常高兴。3000元对于一个山村农民来讲是一笔不小的收入。她及时将此消息通知了自己的亲戚。她的亲戚是一位40岁左右的山村妇女。接到通知,这位亲戚满怀希望,拖着重重的行李,从9月23日凌晨到25日午夜,经过50多个小时的长途颠簸,花了300多元的路费,才终于到了哈密。

就在梁英满心喜悦地准备带着亲戚到工地见老板时,

下　篇　第一章　有一分热发一分光

介绍人传来的却是老板不予录用的口信。理由是：工地甘肃民工多，喜欢北方的面食。面对突如其来的变故，这位憨厚朴实的山村妇女尽管极度惊愕，却没有提出任何异议，无奈地对梁英说：既然没活可干，那就回去吧。

　　本来想给亲戚办好事的梁英，此时除了难堪和尴尬，一时也找不到什么解决的办法。她本人给一个服装店老板做衣服26年，从未遇到过这种出尔反尔的情况。怎么办？她想到了社区法律义务宣讲员阿布列林在社区法律大讲堂上讲的，口头协议同样具有法律约束力，解决民事纠纷，不一定非要到法院起诉，只要双方当事人同意和平解决，达成的调解协议也同样具有法律效力。梁英通过介绍人向工地老板转达了她要通过法律途径解决问题的意思。经过双方几天的反复交涉，最终工地老板同意拿出600元钱作为补偿。梁英这才如释重负地接过钱，将其转交到亲戚手上，并送她踏上了返乡的列车。

　　像梁英这样通过听阿布列林的法律普及课，而学会运用法律武器来维护合法权益的惠康园社区居民不在少数。

　　开烤肉店的社区居民热夏来提·买买提也是受益者之一。有一天，她家隔壁店铺的两个人因酗酒打架，追赶到她店里。来人一巴掌打在她脸上。热夏来提非常生气，正准备拿起拖把打那人时，突然想起阿布列林说的"遇到事情不要着急动手,可以先打110"。后来,警察来了,打架的人向她赔了礼道了歉。"当时要是动起手来,后果不知是什么样。"说起那次经历,热夏来提至今仍然很感谢阿布列林传授给他们的依法办事的经验和知识。

由于阿布列林从实用角度出发普及法律知识,针对性强,枯燥的法律条文被他赋予了生动的内容,不仅吸引了那些有法律需求的居民来大讲堂获取法律帮助,即便那些一时没有法律需求的居民也前来听讲以增长法律知识。

经营馍店的居民田国新在卖馍时听买馍的人议论,有对夫妻贷款30万元做生意,生意做赔了,因无力还款自杀了,留下一双儿女。儿子上大学,女儿上小学。不知他们的儿女有没有赔款责任。讲堂上,田国新就这个问题进行提问。阿布列林当场详细解答:"如果合同上儿女签字了,儿女应负连带责任;如果没有签字,担保人应负连带责任;如果儿女继承了父母的财产,要承担赔偿责任。"田国新很高兴,通过这个案例他又学到了很实用的法律知识。

随着法律知识的普及,居民们运用法律解决问题的能力增强了。自2014年起,惠康园社区一起上访事件也没有发生过,呈现出邻里和睦、民族团结、社会稳定的喜人局面。2015年5月,惠康园社区被中共新疆维吾尔自治区委员会、新疆维吾尔自治区人民政府授予"自治区民族团结进步模范单位"。

第三节　不忘初心　感动中国

无论是退休前，还是退休后，阿布列林都始终如一忠实践行焦裕禄精神，其事迹感人至深。但他并没有想过以此而出名、成为公众人物，更没有想过成为别人学习的楷模。尽管他在退休前获得过许多荣誉，如被评为全国检察系统优秀刑检干部、被自治区人民政府授予"先进工作者"称号、两次荣立三等功等，但还不是一个家喻户晓的公众人物。

2014年2月，在哈密地区党的群众路线教育实践活动拉开帷幕之际，为使广大党员干部受到实实在在的教育，地委领导想到了焦裕禄这个践行群众路线的优秀代表。由河南省援疆前方指挥部具体联系，2月25日，焦裕禄的二女儿焦守云来到哈密做弘扬焦裕禄精神的报告，精彩的报告在听众中产生了热烈反响。阿布列林由于已退休，没能现场聆听报告。焦守云来哈密做报告的信息，他是从2月27日出版的《哈密日报》（维吾尔文版）上看到的。

从报纸上看到焦守云做报告的照片，阿布列林的心头

阿布列林——焦裕禄精神的当代传人

一热，46年前的往事一幕幕涌现在心头。46年来，他多少次在梦中遇到焦裕禄的家人。46年中，他多少次准备再到兰考看望焦裕禄的家人，亲眼看一看他们生活得怎么样，身体是否康健，尤其想和他们谈一谈在焦裕禄精神鼓舞下他是如何从一名知青成长为一名检察官和法官的，但这个强烈的愿望由于种种原因一直没能实现。

3月1日，哈密地委召开劳动模范代表座谈会，让劳模们给地委领导提意见。会议一结束，阿布列林就问地委的一位领导，焦守云是否还在哈密，这位领导说：焦守云已经回河南了。但你可以找河南省援疆前方指挥部领导，焦守云是他们联系的，通过他们能找到焦守云。

阿布列林找到参加会议的哈密地委副书记、河南省援疆前方指挥部总指挥刘金山。刘金山详细询问了阿布列林本人的有关情况，以及他当年去兰考祭拜焦裕禄，与焦裕禄家人合影的细节；阿布列林也向刘金山表达了他准备给焦守云写一封信，并将那张合影一同由指挥部转交给焦守云的想法。刘金山认为这件事情很有意义，他让阿布列林下午4点钟到他的办公室详谈。同时，他也通知了笔者(时任《河南日报》驻河南省援疆前方指挥部记者站站长)。

下午4时整，阿布列林准时来到刘金山的办公室。他

下　篇　第一章　有一分热发一分光

手里拿着写给焦守云的信和那张与焦裕禄家人的合影。他说，之所以要给焦守云写信，是因为他和焦裕禄及其家人有着非同一般的情感。他对焦裕禄怀有崇高的敬意，在焦裕禄精神激励下，他兢兢业业地工作，取得了一点儿成绩。最后阿布列林深有感触地对笔者说："现在我们的国家强大了，但要把中国的事情办好，实现中国梦，全国的党员、领导干部都要学习焦裕禄全心全意为人民服务的精神。"

临走时，阿布列林一再叮嘱笔者，一定要把照片和信亲手交给焦守云，并诚挚邀请焦守云再来哈密时到他家做客。

阿布列林半个世纪如一日忠实践行焦裕禄精神的高尚品质深深地打动了笔者，由那张照片牵引出的故事强烈地吸引了笔者。什么是典型人物？什么是典型事件？新闻界有一句话叫作好新闻是可遇而不可求的。面对这样的好新闻，第一时间推出去是一个新闻工作者义不容辞的责任。笔者怀着激动的心情，将阿布列林介绍的故事，整理成一篇700字的小通讯，发回报社编辑部，标题为《一个维吾尔族老人与焦裕禄家人的故事》。3月17日，《河南日报》第3版刊登了这篇通讯。据报社的同志讲，这一天的报纸被第一时间送到正在兰考指导群众路线教育实践活动的习近平总书记那里。

阿布列林——焦裕禄精神的当代传人

3月19日《新疆日报》第1版全文转载了那篇通讯，并配发了阿布列林和几位同伴与焦裕禄家人的合影。同日，《新疆日报》、新疆广播电台、新疆电视台等新疆主流媒体均派记者到哈密采访阿布列林；随后，中央驻疆新闻媒体也纷纷派记者到哈密采访阿布列林。一时间，新疆掀起了宣传和学习阿布列林先进事迹的热潮。

为了却阿布列林与焦裕禄家人见面和到兰考看一看，亲身感受在焦裕禄精神鼓舞下兰考发生的巨大变化的夙愿，哈密地委组织了先进模范代表团，赴兰考考察学习。阿布列林随团考察。他终于了却了多年来想与焦裕禄家人见面的心愿。

2014年7月30日，在哈密地委组织的阿布列林学习焦裕禄精神先进事迹报告会上，哈密地委负责同志传达了中共中央政治局委员、新疆维吾尔自治区党委书记张春贤在看到《人民日报》上报道的阿布列林先进事迹的文章后做出的批示："阿布列林·阿不列孜同志始终践行焦裕禄精神，是一个品德高尚的人，是一个红红的共产党员，是各族人民学习的榜样。"

随着宣传报道和各种学习活动的不断深入，阿布列林的事迹深深打动了新疆各族群众，阿布列林也成为新疆家喻户晓的人物。但也有人不相信，在交通极不发达的20世

下篇 第一章 有一分热发一分光

纪60年代，会有人这么虔诚，不辞劳苦，专门跑到几千里以外的兰考祭拜焦裕禄陵墓并与焦裕禄家人合影；不相信会有人这么用心，把一张合影保存半个世纪。

2014年4月，阿布列林的妹妹吾尔也提到乌鲁木齐出差，在回哈密的列车上，坐在她对面的一名女乘客拿着刊登有阿布列林与焦裕禄家人合影的《新疆日报》说："这张照片肯定是假的，哪有这样虔诚的人？"吾尔也提立即回应这名女乘客："这张照片是真的，照片中的阿布列林就是我的亲哥哥。这张照片装在我们家的相框里已经几十年了。"听吾尔也提这样一说，那名女乘客显得非常尴尬，她满脸歉疚地抓住吾尔也提的手，连声说："对不起！对不起！对不起！"

随着宣传报道的深入，阿布列林的事迹也引起了中央主要领导的关注。2014年9月5日，中宣部新闻局就做好新疆维吾尔自治区哈密地区退休干部阿布列林同志先进事迹宣传报道发出通知。

根据通知要求，《人民日报》、新华社、《光明日报》、《经济日报》、中央人民广播电台、中央电视台、《工人日报》、《中国青年报》、《农民日报》、《法制日报》及所属网站等中央主要新闻媒体，均派记者赶赴哈密，集中采访阿布列林的先进事迹，中央和河南、新疆各主流媒体都推出了有分量的报道。其中,《人民日报》先后发表了长篇通讯《46年,一刻不曾忘》《阿布列林·阿不列孜:"红红的共产党员"》,并配发评论《干好事业,离不开认真》和《"好人"阿布列林》,《河南日报》推出了长篇通讯《跨越时空的精神传承》《信仰的力量》,河南广播电台推出了广播剧《一张永不褪色的照片》,《新疆日报》推出了《一辈子弘扬学习焦裕禄精神》等。

随着中央和河南、新疆各主流媒体多角度、全方位的报道,阿布列林走进全国人民的视野,成为妇孺皆知的公众人物,各种荣誉也接踵而至:

2014年9月,被国务院授予"全国民族团结进步模范个人"荣誉称号;

2014年9月,被中组部确定为全国"最美基层干部";

2014年11月,最高人民法院给他荣记一等功(表彰大会于2015年1月11日在哈密隆重举行);

2014年11月,被"感动中国、感动新疆"人物评选活动组委会授予"感动中国、感动新疆"十大人物荣誉称号;

2015年1月,光荣入选中央文明办发布的"中国好人榜";

2015年6月30日,被自治区党委授予"优秀共产党员"荣誉称号；

2015年8月20日，荣获第四届自治区道德模范（敬业奉献）称号；

2016年9月22日，被中共中央宣传部授予"时代楷模"荣誉称号；

2017年1月14日，荣获"感动中国2016年度人物"荣誉称号。

这众多的荣誉，是对阿布列林在焦裕禄精神鼓舞下所做贡献给予的充分肯定；这众多的荣誉，是中央及新疆维吾尔自治区对阿布列林一生践行焦裕禄精神的高度褒奖和激励。每一项荣誉的背后，都展现了阿布列林坚定的信仰和辛勤的付出。正如最高人民法院党组副书记、副院长江必新在为阿布列林·阿不列孜荣记一等功而召开的表彰大会上所总结的：

阿布列林·阿不列孜同志具有信念坚定、胸怀大局的政治品格，忠于党的事业，立足本职，全力完成党和人民赋予的每一项使命。

阿布列林·阿不列孜同志具有心系百姓、为民司法的职业情怀，恪守全心全意为人民服务的宗旨，把为民解难、公正司法作为自己的人生追求。

阿布列林·阿不列孜同志具有求真务实、清正廉洁的优良作风，艰苦奋斗，争创一流工作业绩，克己奉公，始终保持清廉本色。

阿布列林·阿不列孜同志具有热心公益、乐于助人的高尚情操，以德为先、以诚为本、以善为道做人做事。

对阿布列林的褒奖，是对他几十年如一日忠于党、忠于人民、忠于国家、忠于法律的政治本色的肯定；

对阿布列林的褒奖，是对他始终践行忠诚、为民、公正、廉洁的政法干警核心价值观的肯定；

对阿布列林的褒奖，是对他毫不动摇地做一名立场坚定的反恐维稳战士的肯定；

对阿布列林的褒奖，是对他坚持勤奋学习不断提高执法能力的肯定。

第四节　用心解答来自国内的法律咨询

阿布列林声名渐著。渐渐地，不少哈密地区以外的地州的人，甚至新疆以外的省区的人，通过各种方式慕名向阿布列林进行法律咨询。阿布列林认为，这些从外地州、外省区向他进行法律咨询的人，是出于对他的信任，因此，对任何一个咨询者提出的任何一个咨询他都认真对待，绝不敷衍。

2017年2月15日，阿克苏地区阿拉尔市一位农工向自治区有关部门检举揭发一名副县级干部贪污受贿、滥用职权没有得到回应，他把检举材料转而寄给了阿布列林。阿布列林在详细审看了举报材料后感到，举报材料的证据及事实不够充分。他告诉那位农工：你举报领导有腐败问题的行为值得肯定，但举报材料写得太简单。如果确有其事，可以进一步搜集证据，把举报材料上列举的事实搞清楚，证据弄确凿，然后向自治区检察院举报。请相信，我们的党、我们的检察机关一定会严厉惩治腐败分子。

有些案件当事人多少知道一些法律条文，但对法院做出的判决是否公正缺乏应有的判断能力，总感觉判决对自己不公，他们也想到了阿布列林，请他帮忙分析法院的判决是否公允。

2017年5月，阿布列林收到甘肃省天水市一名女士寄给他的申诉材料。那名女士在申诉材料中说，她曾是一名基层干部，因伙同他人贪污几万元公款而被当地法院一审判处三年有期徒刑。由于是从犯，她认为量刑过重，随即向天水市中级人民法院提起上诉，中级人民法院在审核了她的上诉材料后，二审将其改判为两年零六个月，刑期已经执行完毕。但她仍然认为量刑过重，准备向甘肃省高级人民法院提起申诉。

阿布列林在认真审读了她寄来的申诉材料后认为，二审认定的事实清楚、证据确凿、量刑适当，并劝告她，中级人民法院认定你是从犯，给你改判为两年半，体现了法律的公平公正，不要再申诉了。那名女士见阿布列林分析得有理有据，表示心悦诚服。

有些案件当事人，由于不懂法律而在诉讼过程中提出许多不切实际的要求，对法院的判决抵触情绪很大。为了求得支持，他们也求助于阿布列林。对此，阿布列林总是耐心地给他们解疑释惑，并提出切实可行的建议。

2017年6月，阿布列林接到黑龙江省双鸭山市集贤县一位原告给他寄来的诉讼材料。这是一起死亡赔偿案件。材料上说，2015年12月，集贤县人民法院开庭审理一起死亡赔偿案，由于原告的诉讼请求不符合法律规定，法院一审判定诉讼请求不能成立，驳回其起诉。原告不服，向双鸭山市中级人民法院提起上诉，法院二审驳回其诉讼请求，维持原裁定。原告仍然不服，再次向双鸭山市中级人民法院提起申诉。在法院受理申诉的同时，他也将诉讼材料寄给了阿布列林。

阿布列林在认真审看了原告寄来的诉讼材料后,明确告诉他:"你的诉讼请求必须符合法律规定,否则法院是不会支持的。"并依据法律条款向他进行了耐心的解释。

2017年8月29日,双鸭山市中级人民法院裁定,原告关于死亡赔偿一案的诉讼请求已经超过20年,其诉讼请求不能得到支持,予以驳回。

有些案件当事人在咨询中不从实际出发,不考虑要求的可操作性、可行性,想到哪儿说到哪儿。即便如此,阿布列林也在经过认真思考后,同样给予明确的答复。

2017年2月,内蒙古自治区呼和浩特市一位女士给阿布列林打电话,一张口就让阿布列林来呼和浩特帮她审看打官司的诉讼材料,来回路费由她承担。且不说两人素不相识,从哈密到呼和浩特相隔千里,帮看诉讼材料完全可以寄到哈密,有必要千里迢迢跑到呼和浩特吗?阿布列林在电话中婉转地告诉她:"你们当地就有法律事务所,我相信他们一定会给你提供正确的法律指导。"

第二章　全力弘扬焦裕禄精神

第一节　每一次报告都是一次精神的洗礼

阿布列林一生践行焦裕禄精神：无论是在激情燃烧的计划经济岁月，还是在利益关系更加复杂、日常决策与选择常常关乎个人利害的市场经济时代；无论是在农场当知青、在工厂当工人，还是做检察官和法官，他始终像焦裕禄那样，怀有浓浓的爱民情怀和强烈的公仆意识。

阿布列林经媒体报道而成为公众人物之后，焦裕禄干部学院、新疆干部学院、哈密市委党校先后聘请他为特聘教授或客座教授，时常请他做报告。

2014年8月28日，中央组织部在新疆干部学院开办示范班，安排阿布列林给260多名企业经理和乡镇干部做《弘扬焦裕禄精神，做焦裕禄式的好党员、好干部》的报告。阿布列林在报告中不空谈理论,而是面对现实,讲的都是鲜活的事例,谈焦裕禄是怎么做的,他本人是怎么做的。他的报告生动、感人。讲完后,会场上响起长时间的掌声。

示范班举办了一个星期,学员们普遍认为,阿布列林的报告是其中讲得最好的,符合新疆的实际,有亲切感,能打动人。

随着第一次报告会的成功举行,不少单位都想请阿布列林做弘扬焦裕禄精神的报告。阿布列林一概欣然应允。他把做报告看作弘扬和践行焦裕禄精神的一次实践,把每一场报告看作重温焦裕禄精神、传播焦裕禄精神的一次难得的机会。

2017年6月29日,阿布列林应邀到河南省援疆前方指挥部做《弘扬焦裕禄精神,做焦裕禄式的好党员、好干部》的报告。河南是焦裕禄精神的发源地,听众是处级干部或厅级干部。给他们做弘扬焦裕禄精神的报告,阿布列林备感亲切,精神特别好。他在报告中讲了这样一件事例,在他担任哈密市法院院长期间,法院提拔了20多名科级干部,但没有提拔各方面都符合条件的妹妹。妹妹哭着质问他:"调整岗位你不考虑我,提拔干部你仍然不考虑我。你没来法院之前我就是助理审判员,是我自己考上的。我是不是你的亲妹妹？你是不是我的亲哥哥？你是红红的共产党员，红红的干部。"阿布列林说："我就是要当红红的共产党员，红红的干部。"讲到这里会场上响起长时间的掌声。

每一次报告，阿布列林都把它看作一次学习；每一次报告，他都会根据不同的对象，根据形势需要，对报告内容加以修改，以增强报告的针对性。

2017年2月7日，新疆维吾尔自治区党委召开"学讲话转作风促落实"专项活动动员部署电视电话会议，阿布列林被安排在会议结束后给五堡乡党员干部做《把焦裕禄精神转化为落实总目标的强大力量》的报告。阿布列林就巧妙地把电视电话会议的内容有机地融进他的报告中。他说："刚才，我作为一名退休干部，和大家一道认真聆听了自治区领导在'学讲话转作风促落实'专项活动动员部署会上的讲话，我很受教育，我的精神和灵魂也受到了震撼。

"从2016年8月30日陈全国书记到我们新疆工作以来，我认真学习了他的一系列讲话，特别是今年1月7日，他在自治区维护稳定工作电视电话会议上的讲话中指出，'三股势力'是新疆各族人民的共同的敌人，作风不实是我们更大的敌人，并代表自治区党委明确要求，要在全区开展'学讲话转作风促落实'活动。通过学习陈全国书记的多次讲话，通过学习刚才的会议精神，通过总结自己几十年来的工作，我深深感到，学好用好习近平总书记系列重要讲话，特别是关于新疆工作总目标的重要讲话和指示，是我们的精神支柱和力量源泉。转作风，消除'四风'（形式主义、官僚主义、享乐主义和奢靡之风）、'四气'（官油子之气、不作为之气、漂浮之气、两面人之气），才能以坚强的党性、过硬的作风，认认真真地履行好自己的职责，扎扎实实地落实好反恐维稳措施，真正打好组合拳，确保实现'一年稳定、两年巩固、三年基本常态'的三年规划。

"我们新疆的每一名党员、干部，都应该牢记自己是新疆人，是新疆各族群众哺育了我们，是新疆的水土养育了我们，是新疆的父老乡亲教育了我们，热爱新疆，甘于奉献，履职尽责，竭尽全力，忘我工作，赤诚于心，奉献于行，自觉把岗位当阵地守，把工作当事业干，把奉献当本分看，全身心地投入到推进新疆社会稳定和长治久安的实际工作中，做出自己应有的贡献。"

然后，他话锋一转，又拉回到焦裕禄精神上来。他说："回想我个人的成长历程，每一个阶段都是在焦裕禄精神的培育下一步步长大的。记得51年前，就是1966年2月，当时我是一名高一的学生，我在《新疆日报》（维吾尔文版）上看到《县委书记的榜样——焦裕禄》这篇通讯报道时，对一段话记得特别深：困难，重重的困难，像一副沉重的担子，压在这位新到任的县委书记的双肩。但是，焦裕禄是带着《毛泽东选集》来的，是怀着改变兰考灾区面貌的坚定决心来的。焦裕禄经常组织大家学习《为人民服务》《纪念白求恩》《愚公移山》等文章，鼓舞大家的革命干劲，勉励大家像张思德、白求恩那样工作……"

这样的报告，既契合了自治区党委电视电话会议的精神，也弘扬了焦裕禄精神，受到与会者的欢迎。

2017年2月28日，阿布列林应邀到自治区高级人民法院做报告，对象是法院的干警。根据特定的对象，阿布列林把他在检察院和法院几十年公正办案的内容有机地融进去，深受干警们的好评。

为了让每一场报告在大主题不变的情况下，都收到良好的效果，阿布列林天天看《人民日报》《新疆日报》等各级党报，晚上准时收看中央电视台《新闻联播》和新疆电视台《新闻联播》，用新的理念、新的知识、新的观点，不断丰富和完善报告的内容，使报告越做越新，常做常新。

2017年7月10日，阿布列林应邀到五堡镇给300多名返乡大学生做《弘扬焦裕禄精神，做一名合格的共产主义事业接班人》的专题报告。面对五堡镇未来的建设者，阿布列林在报告中强调，五堡镇曾经是个法制观念淡薄、宗教意识比较浓厚的地方，也是一个多民族聚居地，在这样一个地方反对极端宗教势力，搞好民族团结至关重要。世界是你们的，也是我们的，但归根结底是你们的。你们在内地要好好学习，掌握好科学技术，毕业后到新疆充分发挥你们的作用，为新疆的社会稳定和长治久安做贡献。然后，他逐渐把内容转到焦裕禄精神和自己如何践行焦裕禄精神上来。听完报告，12名返乡大学生先后发言，他们认为，阿布列林的报告不讲空洞的口号，而是讲具体的事例，很感人、很实在。他们将以焦裕禄和阿布列林为榜样，搞好民族团结，反对民族分裂，为建设好家乡贡献自己的力量。

每一场报告，在深深地感染着每一名听众的同时，阿布列林自己也沉浸在深深的回味之中；在让听众的心灵受到强烈震撼的同时，他自己的内心也得到一次焦裕禄精神的洗礼。从2014年到2017年11月底，阿布列林已做报告和专题讲座40多场，听众近万人，为在边疆传播和弘扬焦裕禄精神做出了特有的贡献。

第二节 "妈妈，您的儿子回来了"

2014年1月，阿布列林的母亲已86岁了。因长期患病，老人家先后9次病重住院。每次住院，阿布列林都是和弟弟、妹妹轮流服侍。

2014年8月28日，中央组织部在新疆干部学院开办示范班，安排阿布列林给260多名企业经理和乡镇企业干部做报告。26日，在哈密地区中心医院呼吸内科住院一周的母亲病情恶化，已报病危。去与不去，阿布列林相当犹豫。地区组织部的领导看得出他的心思，也很为难，但这场报告的时间是早已定下来的，况且有中央组织部和自治区组织部的领导参加，有那么多学员在期盼。没等领导解释完，阿布列林便应了下来。他叮嘱弟弟、妹妹好好服侍母亲，自己就去乌鲁木齐一天，很快回来。

于是，带着强烈的不舍和挂念，阿布列林乘车于当天赶到乌鲁木齐。28日上午，在新疆维吾尔自治区组织部常务副部长溥仕裕主持下，阿布列林做了一个半小时的报告。报告刚结束，阿布列林就接到了妹妹打来的电话。妹妹哭着说："妈妈快不行了。"阿布列林真想一步跨到妈妈的身边，可是，学院 29 日上午还有一个聘阿布列林为学院客座教授颁发聘书的仪式，归心似箭的阿布列林急得眼泪在眼眶中打转转。因为，颁发聘书的仪式同样是事先准备好的，通知已经发下去，参加仪式的人员也已确定。为了不让仪式因为自己个人的原因而取消，阿布列林只得怀着深深的歉疚和揪心的牵挂再一次推迟了回到母亲身边的脚步。在 29 日接受聘书后，阿布列林立即乘坐动车往回赶。

  一下车，阿布列林迅速坐上早已等候在车站的汽车，火速赶往医院。看到已经去掉呼吸机、静静地躺在病床上的母亲，阿布列林心如刀绞，想着妈妈几十年含辛茹苦养育他们兄弟姐妹 8 人，尤其是在妈妈病危之际自己不能在她身边尽孝，阿布列林禁不住泪如泉涌、失声痛哭，他泣不成声地喊着："妈妈，您的儿子回来了！妈妈，您的儿子回来了！妈妈，您的儿子回来了……"已经不省人事的妈妈冥冥中听到阿布列林的声音，她用尽生命中最后一丝力气，断断续续地说出阿布列林的名字，就永远地闭上了眼睛。

第三节　绿我涓滴，会它千顷澄碧

2014年3月17日，习近平总书记在兰考指导党的群众路线教育实践活动时指出："焦裕禄同志是县委书记的榜样，也是全党的榜样，他虽然离开我们50年了，但他的事迹永远为人们传颂，他的精神同井冈山精神、延安精神、雷锋精神等革命传统和伟大精神一样，过去是、现在是、将来仍然是我们党的宝贵精神财富，我们要永远向他学习。"

作为在焦裕禄精神鼓舞下成长起来的少数民族基层干部，阿布列林深知学习、弘扬焦裕禄精神，对于办好中国的事情，对于实现中华民族伟大复兴的中国梦具有重大的现实意义。作为一名退休干部，阿布列林认为努力践行、弘扬焦裕禄精神是他义不容辞的责任，把焦裕禄精神从他们这一代的手中永远传承下去意义更为深远。

一次，一位小记者采访阿布列林，当问到焦裕禄当年和兰考人民共度艰辛岁月的事迹对他日后面对艰难日子的激励时，小记者问了两遍："是什么样的苦啊？"阿布列林突然激动了，他对小记者说："当时解决人民群众的温饱问题,是我们党和各级政府的头等政治大事。现在有些年轻人,不知道今天的生活是多么幸福,而这种幸福是多么来之不易。我希望我们的年轻人,要懂得什么叫人民,什么叫劳动,什么叫财富,什么叫幸福,要到基层去锻炼!"

通过这件事情,阿布列林要把焦裕禄精神在青年一代中永远传承下去的心情更加迫切。

2014年11月,焦裕禄的女儿焦守云从河南专程来到哈密,带来父亲焦裕禄的两尊铜像,一尊赠给哈密地委、行署,一尊赠给阿布列林。阿布列林想,铜像是焦裕禄精神的象征,青年学生是传承焦裕禄精神的主体,于是他想把铜像转赠给他的母校——哈密市一中(原哈密地区一中)。与学校领导联系后,校方表示热烈欢迎。2016年9月5日,学校举行了隆重的捐赠仪式。阿布列林在仪式上作了简短的发言,他说:"向母校赠送焦裕禄铜像,是要让学生们了解焦裕禄精神,把焦裕禄精神一代一代传承下去。我之所以在工作中取得一些成绩,是和焦裕禄精神的鼓舞分不开的。我希望学校的每一位学生都要学习焦裕禄精神,将来成为共产主义事业合格的接班人。"

以阿布列林捐赠焦裕禄铜像为契机,哈密市一中成立了"焦裕禄薪火社",阿布列林为"焦裕禄薪火社"授了旗。后来,阿布列林还为哈密市二中"焦裕禄书屋"捐赠了价值5000元的图书。他希望更多的学生将来成为对社会有用的人，成为像焦裕禄一样的好党员、好干部。

其实，学生们也在寻找他们心中的榜样。阿布列林的先进事迹被媒体宣传报道后，在全国引起了强烈反响，尤其是在哈密的青少年学生中反响尤为强烈。

2017年年初，哈密市教育局石油分局在"追逐榜样的力量"主题征文大赛中，面向三年级以上学生征得优秀稿件2000余篇，并从中挑选出100篇结集成书，书名为《榜样的力量——学习阿布列林·阿不列孜精神文集》。学生们书写榜样，是因为他们需要榜样的力量滋养；学生们学习榜样，是因为他们的人生需要正确的航向。

此书的出版说明，时代需要焦裕禄精神，时代需要焦裕禄式的干部；此书的出版更说明，焦裕禄精神具有跨越时空的巨大力量，每个时代都会涌现焦裕禄式的干部，阿布列林·阿不列孜就是活着的焦裕禄，新疆的焦裕禄！

2017年肉孜节前夕，哈密市委副书记、河南省第九批援疆前方指挥部总指挥李湘豫带领几位援疆干部到阿布列林家中看望他。言谈中，阿布列林说出了两个愿望：

一、2018年是他们几位同学一起到兰考祭拜焦裕禄同志50周年，他们都想再一次踏上兰考的大地，再一次祭拜焦裕禄，亲眼看看在焦裕禄精神鼓舞下，兰考发生的天翻地覆的变化。

二、他的女儿阿孜古丽是哈密市旅游局一位干部,他准备让女儿到焦裕禄的孙子或孙女工作的地方挂职,与他们结成对子,经常进行学习焦裕禄精神的思想交流。等外孙长大了,也让他和焦裕禄的重孙子或重孙女结成对子,继续交流学习焦裕禄精神的体会,共同把焦裕禄精神永远传承下去。这样,伟大的焦裕禄精神就可以在河南和新疆大地生根、发芽、开花、结果。

李湘豫认为,阿布列林的这两个想法,是落实习近平总书记关于焦裕禄精神"过去是、现在是、将来仍然是我们党的宝贵精神财富,我们要永远向他学习"的指示精神的具体化,河南省援疆前方指挥部将把它作为一项政治任务来完成,大力支持,积极配合,具体落实,尽快将这两个想法付诸实施。

阿布列林·阿不列孜简历

阿布列林·阿不列孜,男,维吾尔族,1951年11月15日出生于新疆哈密县。

1968年2月,阿布列林·阿不列孜、其他四名同学和一名校工到上海,在返回新疆途中在兰考下车,专程到焦裕禄同志的陵墓前敬献花篮,到焦裕禄带领兰考人民治理"三害"的地方实地察看,目睹了在焦裕禄带领下兰考发生的巨大变化,亲身感受焦裕禄精神的伟大。为了留住难忘的兰考之行,阿布列林与5名同伴一起,和焦裕禄的母亲李星英、妻子徐俊雅、大儿子焦国庆、二儿子焦跃进、二女儿焦守云、三女儿焦守军合影。

1969年3月,在火箭农场四分场接受再教育两年,其间,被评为优秀知识青年、夏收积极分子。

1970年12月至1979年12月,在哈密地区农机厂当工人。历任学徒工、一级工、二级工、车间团支部书记、车间工会组织委员。在农机厂的九年中，多次被评为先进生产者、优秀共青团员。

1979年12月，调入哈密县检察院（1984年哈密县检察院和哈密市检察院合并）。

1979年12月至1980年1月，在哈密地委党校学习法律。

1983年，被哈密县委评为先进工作者。

1984年1月，加入中国共产党。

1984年3月，到新疆政法管理干部学院（现新疆警察学院）检察班学习4个月。同年，被哈密市委评为政法系统先进工作者。

1985年，考入新疆政法管理干部学院法律大专班学习两年，获法律专科学历，学习期间被评为三好学生、优秀班干部。

1988年至1991年，连续4年被哈密市检察院评为先进工作者。

1991年，被评为"全国检察系统优秀刑检干部"。

1992年4月，任哈密市检察院副检察长。

1992年7月，被哈密市委评为"优秀共产党员"。

1992年7月，被哈密地委评为"优秀共产党员"。

1993年，荣立三等功。

1993年,被哈密市委、哈密市人民政府授予"优秀公务员"称号。

1994年9月,到中央检察官学院学习。

1995年3月,任哈密市检察院党组书记(副县级)。

1995年,被评为"新疆维吾尔自治区先进工作者",出席自治区"双模"表彰大会和自治区成立40周年大会。

1997年,被新疆维吾尔自治区专项整治领导小组评为自治区专项整治优秀工作队员,荣立三等功。

1998年1月,被哈密市第六届人民代表大会选举为哈密市人民法院院长。

1998年至1999年,被哈密市机关工委授予"优秀共产党员"称号。

1998年至2002年,哈密市法院党支部被哈密市机关工委评为优秀党支部。

2002年11月,调入哈密地区中级人民法院,任副县级审判员。

2004年9月,任哈密地区中级人民法院审判委员会委员。

2007年,被哈密地区中级人民法院评为"优秀共产党员"。

2007年5月,任三级高级法官。

2007年3月至2010年7月，在中央电视大学和中国政法大学联合举办的法律本科班学习。

2010年12月被哈密地区中级人民法院评为"优秀共产党员"。

2010年12月退休。

2013年4月，被哈密市惠康园社区特聘为法律义务宣传员，为社区居民免费提供法律宣讲和咨询。

2014年5月，被哈密市委任命为哈密市关心下一代工作委员会宣讲团副团长。

2014年6月，作为哈密地区先进模范代表团代表赴兰考学习考察。

2014年6月，被焦裕禄干部学院聘为特聘教授。

2014年8月，赴新疆干部学院，为中组部举办的新疆基层党员培训示范班学员做《弘扬焦裕禄精神，做焦裕禄式的好党员、好干部》的报告。

2014年8月，被新疆干部学院聘为客座教授。

2014年9月，被哈密地委党校、哈密地区行政学院聘为客座教授。

2014年9月，被国务院授予"全国民族团结进步模范个人"荣誉称号。

2014年9月，被中组部、中宣部确定为"最美基层干部"。

2014年11月,被评为"感动新疆2014年度人物"。

2015年1月,被最高人民法院荣记一等功。

2015年6月,被新疆维吾尔自治区党委授予"优秀共产党员"称号。

2015年8月,被评为新疆维吾尔自治区第四届道德模范。

2015年1月,入选"中国好人榜"。

2016年9月,被中共中央宣传部授予"时代楷模"荣誉称号。

2017年1月,被评为"感动中国2016年度人物"。

后 记

2017年5月初，中州古籍出版社约我就"感动中国2016年度人物"阿布列林·阿不列孜半个世纪忠实践行焦裕禄精神的感人事迹写一本传记性报告文学。说实在的，当时我相当犹豫，原因是，工作上的事情比较多，采访和写作只能在业余时间进行，时间得不到保证。

尽管第一篇报道阿布列林先进事迹的通讯《一个维吾尔族老人与焦裕禄家人的故事》是我写的，为配合哈密地区先进模范代表团赴兰考考察学习，我写出了长篇通讯《跨越时空的精神传承》；为配合阿布列林评选时代楷模，我写出了近万字的长篇通讯《信仰的力量》；为配合阿布列林评选"感动中国2016年度人物"，我写出了万余字的长篇通讯《做焦裕禄的好学生》作为文字材料提供给了中央电视台，但写一本10万字的书和写一篇万余字的文章，耗费的时间和精力绝不在一个量级上。

经过将近一个月的审慎考虑，在征求了一些同事、好友的意见之后，我决定拿起笔来，把阿布列林的感人事迹从人生层面上做一次深入的挖掘和呈现。

而一旦进入搜集材料和创作状态，我才真正体会到，这绝对是一件苦差事。原以为我掌握的素材比较多，写作起来不会太费事，但实际情况大大出乎我的预料，仅挖掘素材这一项就需要拿出大量的时间，更不用说谋篇布局、制作大小标题、进行文字表述了。好在阿布列林同志全力配合，微信语音成全了我在双休日、节假日以及晚上对他的采访、与他的交流。经过半年艰辛的业余劳动，第一稿顺利出炉。

在河南日报报业集团主要领导的支持下，我专程赴哈密做深入采访和修改。在哈密期间，哈密市委以及哈密市委宣传部的领导为采访和写作提供了很好的条件。更为幸运的是，当本书尚处于写作阶段时，河南省第九批援疆前方指挥部总指挥李湘豫就通知我，这本书被列为文化援疆项目。

写作的过程，也是一个感动的过程和受教育的过程。阿布列林的事迹之所以感人，是因为他几十年如一日，无论是工作还是生活，都能保持共产党人的先进性。更为难能可贵的是，这种永葆共产党人先进性的初心，随着时间的打磨和岁月的积淀，不仅没有丝毫改变，反而历久弥坚。

后 记

这种一以贯之的优秀品质，是我们进行伟大斗争、建设伟大工程必须具备的伟大品质。在推进中华民族伟大复兴的征程中，学习这种品质，弘扬这种品质无疑具有很强的现实意义。

在写作过程中，河南省文学院一级作家焦述、河南日报报业集团新闻爱好者杂志社社长张靖、河南省社会科学院党建专家陈东辉、法学专家欧广远等学者，在百忙之中抽出时间，仔细审看书稿，提出了许多建设性的指导意见；阿布列林同志像当年办案一样，先后两次对书稿一个字一个字地进行法律和事实方面的把关，付出了辛勤的劳动。在他们的指导和帮助下，我进行了三次大的修改，才基本定稿。

在本书即将付梓之际，河南省第八批援疆前方指挥部总指挥刘金山、人民日报驻新疆分社原社长戴岚等领导和专家，或打来电话提出修改意见，或发来短信表示鼓励。在此，向他们、向所有关心本书写作和出版的领导和同志们表示诚挚的感谢和由衷的敬意！